Christian Bieniek

Frisch verliebt ist halb gelogen

cbj

© privat

DER AUTOR

Christian Bieniek (1956–2005) gehörte zu den erfolgreichsten und beliebtesten Kinder- und Jugendbuchautoren Deutschlands. Er schrieb Hörspiele, TV-Sketche und Radioserien. 1993 erschien sein erstes Jugendbuch »Immer cool bleiben«. Seitdem veröffentlichte er über neunzig Bücher für Kinder und Jugendliche, die in zahlreiche Sprachen übersetzt wurden.

Christian Bieniek

Frisch verliebt ist halb gelogen

cbj

cbj
ist der Kinder- und Jugendbuchverlag
in der Verlagsgruppe Random House

MIX
Papier aus verantwortungsvollen Quellen
FSC® C014496

Verlagsgruppe Random House FSC® N001967
Das für dieses Buch verwendete
FSC®-zertifizierte Papier *München Super Extra*
liefert Arctic Paper Mochenwangen GmbH.

1. Auflage
Erstmals als cbj Taschenbuch Juni 2014
Gesetzt nach den Regeln der Rechtschreibreform

Dieses Buch erschien erstmals 2001 beim
Arena Verlag GmbH, Würzburg
Umschlagbild: Photocase/benicce
Umschlaggestaltung: Kathrin Schüler, Berlin
kg · Herstellung: ReD
Satz: KompetenzCenter, Mönchengladbach
Druck und Bindung: GGP Media GmbH, Pößneck
ISBN: 978-3-570-40226-9
Printed in Germany

www.cbj-verlag.de

Ich weiß nicht genau, was ich am meisten an meinen Eltern hasse. Ihr peinliches Schweigen? Ihr noch peinlicheres Gequatsche? Die Angst um ihre Jobs? Die Angst vorm Älterwerden? Die Angst vor mir? Das Tattoo auf der linken Wade meiner Mutter? Die Nasenhaare meines Vaters?

Im Hassen bin ich unschlagbar! Ich hasse sogar meinen Freund Michael – vor allem dafür, dass ich ihn liebe. Irgendwie passt Liebe gar nicht zu mir. Liebe ist so ziemlich das Letzte, was ich gebrauchen kann. Dieses dämliche Gefühl bringt nur alles durcheinander. Wenn ich liebe, bin ich selbst für mich nicht mehr der wichtigste Mensch auf der Welt, und das hasse ich wie verrückt!

Zum Glück entpuppten sich alle Typen, in die ich bisher verknallt war, innerhalb weniger Tage als schreckliche Langweiler. Also machte ich kurzerhand mit ihnen Schluss und konnte mich dann wieder voll und ganz auf mein liebstes Hobby konzentrieren: auf mich selbst.

Aber bei Michael ist alles anders. Okay, er ist zwar

der allergrößte Langweiler, der mir je über den Weg gelaufen ist, doch das stört mich kein bisschen. Michael hat nämlich ein paar tolle Eigenschaften, die ihn vom Rest der mir bekannten Knabenwelt unterscheiden: Er stellt keine dummen Fragen, jedenfalls nicht mir, benutzt ein Deo und greift nur mit sauberen Fingern unter mein T-Shirt. Außerdem hört er mir nie zu, wenn ich was erzähle. Darum kann ich Geheimnisse bei ihm loswerden, die ich sonst niemandem verraten würde. Nein, natürlich keine *wahren* Geheimnisse! Die sind so geheim, dass ich sie nicht mal meinen schwarzen Notizbüchern anvertraue.

Eins davon liegt gerade aufgeschlagen auf meinem Schoß. Ich würde gerne etwas schreiben, aber das ist im Moment leider unmöglich. Vor mir sitzen meine Eltern und stinken. Hinter mir dröhnen die Toten Hosen aus den Boxen. Mein Vater war mal Punker. Er hatte lila Haare und war jeden Abend besoffen.

Heute ist er Bankangestellter, hat eine Halbglatze und ist nur noch einmal im Monat besoffen. So ändern sich die Zeiten.

Vater stinkt nach Schweiß und Mutter nach dem billigen Parfüm, das sie sich vorgestern bei Schlecker gekauft hat. Was immer die beiden miteinander verbinden mag – guter Geschmack ist es auf keinen Fall! Die Hemden meines Vaters sind so grauenhaft bunt, dass nicht mal Papageien damit rumlaufen würden.

Noch schlimmer ist die Todsünde, die er jeden Sommer begeht: Er trägt Sandalen! Und wenn meine Mutter vom Friseur zurückkommt, sieht sie aus, als wären ihre Haare durch einen Fleischwolf gedreht worden.

»Könntest du bitte diesen Krach etwas leiser machen?«, brülle ich Vater an. »Vielen Dank!«

»Welchen Krach?«, brüllt er lachend zurück und trommelt mit beiden Fäusten auf dem Lenkrad herum. »Das ist Punk, Baby!«

»Nenn mich nicht Baby!«

»Entschuldige, Gabi!«

»Nenn mich nicht Gabi!«

»Tut mir leid, Gabriele!«

»Nenn mich nicht Gabriele! Wie seid ihr bloß auf diesen bescheuerten Namen gekommen? Gabriele! So hätte ich nicht mal mein Meerschweinchen genannt.«

»Das ist ja auch ein Männchen«, stellt Mutter fest, die mich mehrmals am Tag mit solchen Geistesblitzen überrascht. Immerhin macht sie anschließend die Musik leiser.

»Leben die Männchen eigentlich länger als Weibchen?«, frage ich. »Leo müsste doch schon längst tot sein. Neun Jahre – so alt wird doch kein Schwein, wenn es ein Meerschwein ist!«

Meine Eltern kichern um die Wette. Worüber würden sich die beiden wohl amüsieren, wenn sie mich nicht hätten? Über Vaters eingewachsene Zehennägel? Über Mutters Raucherhusten? Eigentlich hätte ich jeden Monat fünftausend Euro Taschengeld verdient. Gute Komiker sind nicht billig.

Zugegeben, ich bringe meine Eltern sehr gerne zum Lachen. Das hält sie wenigstens vom Reden ab. In den letzten fünfzehn Jahren habe ich kaum mal was von ihnen gehört, was mich besonders beeindruckt hat. Sie reden am liebsten über Themen, über die ich fast nie ein Wort verliere: über Dinge, die es tatsächlich gibt, und über Ereignisse, die wirklich passiert sind. Wen interessiert schon die Realität? Ist es nicht langweilig genug, darin zu leben? Warum sollte man sich auch noch darüber unterhalten?

Mutter zündet sich eine neue Zigarette an. Ich hasse ihre Qualmerei, vor allem im Auto!

»Wenn dir schon deine eigene Gesundheit scheißegal ist, könntest du wenigstens Rücksicht auf meine nehmen!«, zische ich wütend. »Ich will dieses Gift nicht einatmen!«

»Dann halt die Luft an!«, erwidert meine Mutter patzig und bläst den Qualm in meine Richtung.

Wir sind die Jungs von der Opel-Gang!, grölen die Toten Hosen im Chor. Verzweifelt umklammere ich meinen neuen Kugelschreiber und flüchte in das schwarze Notizbuch.

Die letzten Minuten im Leben meiner Oma Friederike dauerten eine halbe Ewigkeit.

Sie hatte die Augen so weit aufgerissen, als wäre sie schon tot. Dieses ekelhafte Röcheln! Am liebsten hätte ich mir die Ohren zugehalten. Noch lieber wäre ich aus dem Krankenzimmer verschwunden, hinaus auf den Flur, raus auf die Straße, weit weg von diesem Bett, das von medizinischen Geräten umzingelt war. Immer wieder schweifte mein Blick von Omas eingefallenem Gesicht zu den Apparaten hinüber. Konnte mir denn keins der vielen Displays verraten, wie lange dieser Horrorfilm noch dauern würde?

Meine Eltern heulten und schluchzten wie verrückt. Ich wollte mich auf keinen Fall von meinen Gefühlen mitreißen lassen, weil ich Angst hatte, etwas zu verpassen. So was Spannendes hatte ich noch nie erlebt. Ein echter Tod, live, mit einer echten Oma in einem echten Krankenhaus – Wahnsinn! Jede Sekunde rechnete ich damit, eine Kamera oder ein Mikrofon oder einen Scheinwerfer auftauchen zu sehen. War das alles nicht gespielt? Würde meine Oma gleich nicht grinsend aus dem Bett steigen und fragen: »Na, war ich gut?«

Sie war so sagenhaft gut, dass mir eiskalte Schauer über den Rücken liefen. Ihr Röcheln klang immer weniger menschlich. Kaum zu glauben, dass es aus ihrer

Kehle stammte! In den letzten Wochen war Oma Friederike zu einem Skelett abgemagert. Das Einzige, was sie ohne fremde Hilfe schaffte, war gähnen. Und jetzt brachte sie Laute hervor, die mich an einen Orang-Utan erinnerten.

Mein Vater putzte sich die Nase. Was für ein unpassend alltägliches Geräusch während Omas letzten Minuten auf dieser Welt! Aber was mich noch mehr störte, waren das Wetter und die Uhrzeit. Draußen schien die Sonne von einem strahlend blauen Himmel. Es war Viertel vor zehn. Wer starb schon am Vormittag, und das nicht mal bei Schnee oder Regen? Ich stellte mir vor, wie Tropfen an die Scheiben klopften, ganz sacht als leise Untermalung zu Omas Röcheln. In Wirklichkeit war lustiges Vogelgezwitscher aus dem Garten des Krankenhauses zu hören. Die Spatzen und Meisen veranstalteten wohl gerade eine Party. Sollte man nicht das Fenster schließen?

Plötzlich verstummte das Röcheln. Ich hielt die Luft an. Sekunden zuvor hatte Oma Friederike das Gleiche getan, allerdings für immer. Mit einem letzten dramatischen, herzzerreißenden Aufbäumen hatte ich gerechnet, mit strampelnden Beinen, verkrampften Händen, hektischen Zuckungen des Oberkörpers. Aber dazu hatte Oma Friederike wohl keine Kraft mehr gehabt.

Ihr Kopf war zur Seite gerollt. Sie starrte mich an.

Sie durchbohrte mich mit ihren toten Augen. Sie schien zu fragen: »Na, Gabriele, hast du mal wieder an ganz was anderes gedacht?« Das böse Lächeln auf ihrem Gesicht bildete ich mir wohl nur ein. Wahrscheinlich bildete ich mir *alles* nur ein. Oder war meine Oma tatsächlich tot?

Oma Friederike, meine Lieblingsoma. Die Mutter meines Vaters. Der einzige Mensch auf der Welt, der ein bisschen was von mir verstand. Das kleine bisschen, das ich meiner Oma zu verstehen erlaubte. Den Rest verstand sowieso niemand. Schon gar nicht ich selbst. Jedenfalls bildete ich mir das gerne ein, obwohl es gar nicht stimmte. Wie fast alles, was ich mir gern einbildete.

Ich war gespannt, was meine Eltern nun sagen würden, aber sie blieben stumm. Schade. Vielleicht hätte Omas Tod ihnen endlich mal einen Satz entlocken können, der nicht ganz so öde war wie ihr sonstiges Geschwafel.

Die beiden waren sich in die Arme gefallen und flennten. Ich starrte sie hasserfüllt an. Ihnen hatte ich es zu verdanken, dass ich eines fernen Tages auch in so einem Bett liegen und meinen letzten Atemzug tun würde. Denn ohne sie wäre ich niemals auf die Welt gekommen. Wie konnte ich mich bloß dafür rächen? Indem ich sie bei erstbester Gelegenheit für immer und ewig verlassen sollte? Oder wäre es schlimmer für sie, wenn ich ihnen bis zum Rest meines Lebens nicht mehr von der Seite weichen würde?

Ich heulte drauflos, aber die wenigsten meiner Tränen vergoss ich für Oma Friederike.

Meine

Mutter würgt die Toten Hosen ab und dreht sich zu mir um. »Was schreibst du denn da?«

»Dummes Zeug. Wie immer.«

»Gedichte? Tagebuch? Geschichten?«

»Genau.«

»Schau dich mal um!«, fordert mich Vater auf. »Ostfriesland!« Er atmet ganz tief ein. »Ich rieche schon das Wattenmeer. Du auch?«

Nein, ich rieche das Sonderangebot von Schlecker, das sich gegen Vaters Schweiß durchgesetzt hat.

Nachdem ich das Notizbuch und den Kuli in meinem Rucksack verstaut habe, werfe ich einen Blick aus dem Fenster. Wiesen, Wiesen, Wiesen, so weit das Auge reicht. Darüber ein dunkelblauer Himmel mit ein paar schneeweißen Wolken. Ostfriesland. Pferde, Kühe, Urlauber. Drei Wochen allein mit meinen Eltern. Drei Wochen Brödersbüll! Wofür habe ich diese Strafe verdient? Für Verbrechen, deren Tatorte sich in meinem Hinterkopf befinden, muss ich doch wohl nicht büßen, oder?

SMS von Michael:
sind gerade gelandet. heiß hier in marokko.
flug war okay. liebe dich!

»Was hat er geschrieben?«, fragt Mutter prompt, als ich Michaels SMS lese.

»Er kann nicht schreiben. Nur stammeln. Seine SMS sind so kurz wie sein –«

Meine Eltern brechen in lautes Gewieher aus.

»Warum kichert ihr so blöd?«, wundere ich mich. »Ich wollte sagen: so kurz wie sein Verstand.«

»Echt?« Vater zuckt mit den Schultern. »Sorry, wir haben halt eine schweinische Fantasie.«

»Ihr habt Fantasie?«

Das finden meine Eltern noch komischer und fangen wieder an zu lachen.

SMS an Michael:
Ich möchte mit dir schlafen! Richtig!

Was er wohl denkt, wenn er das liest? Keine Ahnung. Verschwendet er überhaupt einen Gedanken an etwas anderes als an Mathe, Physik, Chemie oder eins seiner restlichen Lieblingsfächer? Unglaublich, was der Kerl alles weiß! Mit Schulkram belaste ich mein Hirn nur bis zur nächsten Klassenarbeit, um ihn dann total aus meinem Gedächtnis zu streichen. Am Tag nach meinem Abitur weiß ich sicher genauso viel wie an meinem ersten Tag im Kindergarten.

Abitur …

Wenn ich daran denke, wird mir ganz schlecht. Entsetzlich, wie wenige Jahre es nur noch bis dahin sind! Vor ein paar Monaten erschien mir meine Schulzeit wie ein endloser Tunnel. Aber seit meinem letzten Zeugnis sehe ich da plötzlich ein Licht am Ende des Tunnels, ein ganz schwaches, das jedoch in den nächsten paar Jahren immer stärker werden wird, und das macht mich wahnsinnig nervös.

Was soll nur aus mir werden, verdammt? Klar, ich wäre gern reich und berühmt. Aber womit soll ich das bloß schaffen? Ich kann Querflöte spielen und schreiben. Und schauspielern. Das heißt, ich habe noch nie auf einer Bühne gestanden oder vor einer Kamera. Und noch nie andere Texte aufgesagt als meine eigenen. Schauspielerin bin ich nur im richtigen Leben, das allerdings mit riesigem Erfolg. Ja, Tatsache! Meine Eltern haben noch gar nicht gemerkt, dass ich ihnen seit fünfzehn Jahren was vorspiele. So gut bin ich.

SMS von Michael:
hä?

SMS an Michael:
Ich möchte mit dir schlafen! Richtig!

»Ist Michael gut in Marokko angekommen?«, erkundigt sich Mutter, deren Interesse an meinen Antworten leider nicht halb so groß ist wie die Neugier, mit der sie ihre Fragen stellt. »Hat er schon ein Kamel gesehen?«

»Ja, im Spiegel!«, antworte ich. »Ist das dahinten der Leuchtturm von Brödersbüll?«

»Wir sind gleich da!«, jubelt mein Vater. »Jetzt fängt der Urlaub richtig an. Drei Wochen Sonne, Sand, Meer und Strandkorb! Was gibt's Schöneres?«

»Eine Kugel im Kopf«, grummle ich vor mich hin.

»Was hast du gesagt, Gabi?«

»Eine Kugel Eis in der Hand. Und nennt mich nicht mehr Gabi, sonst könnt ihr nächstes Jahr ohne mich in Urlaub fahren.«

»Wie sollen wir dich denn sonst nennen?«, will Mutter wissen. »Hermine? Gustav? Zimtzicke?«

»Wer von uns beiden zickt denn öfter rum?«, knurre ich, worauf sich Vater sofort einmischt: »Streitet euch nicht, Kinder! Wir haben doch Urlaub!«

»Ich bin nicht dein Kind«, stellt Mutter in schroffem Ton klar und greift nach der Zigarettenschachtel. Ich hasse Mutters Gequalme, aber ich liebe die lässigen Gesten, mit denen sie sich eine neue Zigarette anzündet – wie ein Gangster in einem Mafiafilm.

SMS von Michael:
was heißt mit mir schlafen?

SMS an Michael:
Dass ich mir einen neuen Freund suche, du Komiker!
Mit dir schlafen heißt mit dir schlafen, kapiert?
Wenn deine Birne die Sonne nicht verträgt, flieg nach Grönland.

Auf der linken Seite taucht plötzlich in etwa hundert Metern Entfernung ein riesiges Landhaus auf, mit Reetdach und Nebengebäuden und einer Zufahrt, die von Pappeln gesäumt wird. Direkt vor dem Eingang parkt ein roter Porsche.

»Halt an!«, rufe ich Vater zu. »Wir sind da!«

»Spinnst du? Mit welchem Geld sollten wir uns so 'ne edle Hütte wie die Villa Dorothee leisten? Die wird nur als Ganzes vermietet, wie ich im Unterkunftsverzeichnis gesehen habe. Wir wohnen im Haus Ricarda, direkt hinter der Kirche. Klein, aber fein. Und spottbillig.«

»So billig wie Mutters Parfüm?«

Sie startet wieder die Tote-Hosen-CD und dreht die Boxen so laut auf, dass der ganze Wagen vibriert.

SMS von Michael:
ich wollte schon immer mal nach grönland!

Na toll! Ich kann an nichts anderes als an Michael denken. Mistkerl!

Gestern beim Abschied war ich cooler als unsere Tiefkühltruhe. Nach unserem letzten Kuss hatte Michael Tränen in den Augen.

»Hey, drei Wochen gehen schnell vorbei!«, versuchte ich ihn aufzumuntern.

»Und was ist, wenn du dich am Strand in irgendeinen Vollidioten verknallst?«

»Dann gehen die drei Wochen noch schneller vorbei. Für mich jedenfalls«, fügte ich grinsend hinzu.

»Und was ist dann mit mir?«

»Keine Angst, ich verknalle mich nicht in jeden Trottel, der mir über den Weg läuft. Es sei denn, er hat so schöne blaue Augen wie du. Und so einen wunderschönen Mund.«

Ich gab ihm noch einen allerletzten Kuss. Und dann noch einen allerallerletzten. Und zum Schluss noch etwa zwanzig endgültig letzte Abschiedsküsse. Zwischendurch wollte er etwas sagen, aber nach den ersten Silben brachte ihn meine Zunge sofort zum Schweigen.

Meine Exfreunde fanden nur selten die richtigen Worte. Meistens wollten sie mir irgendwas erklären, das ich entweder schon wusste oder gar nicht wissen wollte. Oder sie waren eifersüchtig auf Typen, denen ich leider noch nicht begegnet war. Oder sie nannten mir tausend Gründe dafür, warum ich bald mit ihnen Schluss machen würde. Ich wollte Michael keine Chance geben, genauso einen Mist zu quatschen wie seine Vorgänger. Ich hatte keine Lust, ihn drei Wochen lang als Dummschwätzer in Erinnerung zu behalten. Es würde schon schwer genug sein, Michaels einfallslose SMS zu ertragen, ohne die Liebe zu ihm zu verlieren.

Ja, ich liebe ihn, verdammter Mist! Vorhin im Auto musste ich die ganze Zeit an ihn denken. Gestern habe ich noch über seine Eifersucht gelacht. Heute habe ich mir stundenlang ausgemalt, wie er auf dem Flug nach Agadir irgendeine blonde Tussi kennenlernt, mit Megabrüsten und bauchfreiem T-Shirt, die ihre Sommerferien zufällig im selben Hotel wie Michael verbringt. Ich sah ihr schwachsinniges Lächeln vor mir und hörte ihr albernes Gekicher.

Oh Gott, ich bin richtig verliebt! Mit Haut und Haaren und Herz und Hirn! Ausgerechnet in Michael Schwegler, den Superstreber aus der 11 b. Wenn Isabel wüsste, dass ich eben geheult habe vor lauter Angst, Michael könnte sich in Marokko mit einem anderen Mädchen einlassen … Aber warum sollte ich ihr das verraten? Schließlich ist sie meine beste Freundin. Was sie nicht über mich weiß, kann sie auch nicht im Streit gegen mich als Waffe benutzen.

Ich liege auf dem Bett und schaue mich um. Viel zu sehen gibt es hier nicht: ein Nachtschränkchen, ein Regal, eine Lampe, einen Kleiderschrank, einen Tisch und einen Stuhl. An der Wand hängen zwei Bilder. Auf dem einen kämpft eine alte Frau, die auf dem Deich spazieren geht, mit dem Sturm. Sie steht so gekrümmt da wie ein Fragezeichen und hält mit beiden Händen ihren Hut fest. Auf dem anderen Bild versinkt eine blutrote Sonne im aufgewühlten Meer.

»Gabi?« Mein Vater klopft an die Tür. »Abendbrot!«

»Ich habe keinen Hunger! Und ich heiße nicht Gabi!«

Vater kommt ins Zimmer. Er trägt eine kurze, ausgefranste Jeans und weiße Badelatschen.

»Igitt! Muss ich mir jetzt drei Wochen lang deine ekelhafte Wampe ansehen?«

Er klatscht mit beiden Händen auf seinen Schwabbelbauch. »So schlimm finde ich ihn gar nicht. Wie gefällt dir dein Zimmer?«

SMS von Michael:
hotel okay. essen auch. großer pool. tennisplatz.

»Glotz doch nicht dauernd auf dein blödes Handy!«, meckert Vater. »Ich habe dich was gefragt.«

»Was denn?«

»Wie gefällt dir dein Zimmer?«

»Nächste Frage!«, seufze ich.

»Wieso?« Er breitet die Arme aus. »Ist doch ganz nett hier! Ich weiß gar nicht, was du hast.«

Drei Wochen Ferien. In Brödersbüll. Ohne Michael.

»Wirst du dich mit deiner Mutter vertragen?«

»Hat sie sich denn früher mit ihrer Mutter vertragen?«, frage ich zurück.

»Du weißt genau, dass die beiden sich nicht ausstehen konnten. Was meinst du, warum sie mit sechzehn von zu Hause abgehauen ist?«

»Weil dort Rauchen verboten war?«

Er verdreht die Augen. »Tu mir einen Gefallen und streite dich nicht mit deiner Mutter. Wir haben Urlaub!«

»Auch vom Streiten?«

»Ich weiß, dass du uns hasst.«

»Das stimmt nicht!«

»Dass ich es weiß? Oder dass du uns hasst?«

Ich muss lächeln. »Wenn ich öfter solche Sprüche von dir zu hören bekäme, würde ich dich vielleicht nicht ganz so sehr hassen.«

»Hassen ist okay! Ich war mal Punker. Hast du 'ne Ahnung, was Punk eigentlich bedeutete?«

»Ja: Scheißmusik und grässliche Frisuren und alberne Klamotten. Und alte Säcke, die heute noch stolz drauf sind, zwei Jahre lang blöd ausgesehen zu haben.«

Vater schüttelt den Kopf. »Du hast genauso ein freches Mundwerk wie Oma Friederike.«

»Spar deine Komplimente! Ihr müsst trotzdem ohne mich Abendbrot essen. Wenn das Schweigen zu grauenhaft wird, dann macht den Fernseher an.«

Vater stemmt die Hände in die Hüften. »Weißt du, dass du uns völlig falsch einschätzt?«

»Ja.«

Darauf fällt ihm nichts mehr ein. Er zieht eine Schnute und schlurft zur Tür. Dass er sie hinter sich zuknallt, hätte ich nicht erwartet.

Liebe Isabel!

Schreib mir! Schreib mir! Schreib mir!
Ich kann meine Mails abrufen. Im Haus der Kurverwaltung steht ein uralter Computer mit Internetanschluss, einer von diesen Dinosauriern aus dem letzten Jahrtausend. Eine halbe Stunde Surfen kostet 2,50 Euro. Richtiges Surfen im Meer ist umsonst. Doch blöderweise gibt's hier gar kein Meer, sondern nur Wattenmeer. Da ist zwar auch Wasser drin, aber es ist fast nie da. Jeden Tag verschwindet es für ein paar Stunden. Keine Ahnung, wieso. Wahrscheinlich findet es Brödersbüll genauso spannend wie ich, gähn!

Wie es hier aussieht? Eine Kirche, ein Marktplatz, ein paar Geschäfte, ein paar Hotels, ein Deich, ein Wäldchen, ein Strand und manchmal halt ein bisschen Meer. Unsere Ferienwohnung im Haus Ricarda ist insgesamt ungefähr so groß wie Dein Zimmer. Diese Ricarda gibt es übrigens wirklich, mit Nachnamen Siebel. Ein kleines, rundes Rotbäckchen, das ständig grinst. Widerlich freundlich. Für jedes Geschleime würde ich ihr gern eine Ohrfeige verpassen. Habe selten so große Lust gehabt, jemanden zu schlagen.
Gemeinheit: Alles steht hier unter Naturschutz, nur ich nicht! Meine Eltern können mich stundenlang nerven, ohne dafür bestraft zu werden. Außer von mir. Mit ätzenden Sprüchen. Leider sind die so witzig, dass sich meine Eltern darüber kaputtlachen.
Fragt sich bloß, ob sie überhaupt meine Eltern sind. Ihr Gerede, ihre Klamotten, ihr Benehmen, ihr Duschgel - die beiden haben absolut nichts mit mir gemeinsam! Wann rücken sie endlich damit raus, dass ich ein Adoptivkind bin? Sie fürchten garantiert, mich damit zu schocken. Dabei

würde ich ihnen vor Begeisterung um den Hals fallen, wenn sich herausstellen würde, dass ich nicht von Irene und Martin Schumann gezeugt worden bin. Wer weiß, vielleicht würde ich die beiden dann sogar mögen. Oder zumindest ab und zu Erklärungen oder Entschuldigungen dafür suchen, dass sie so unmöglich sind.
Michael simst fleißig aus Marokko. Vermisst mich. Hoffe ich zumindest. Ich blicke bei ihm nicht richtig durch. Er bei mir auch nicht. Genau deshalb lieben wir uns wahrscheinlich. Ich habe ihm gesimst, dass ich mit ihm schlafen möchte. Er ist genau der Richtige für das erste Mal. Frag mich nicht, warum. Doch, frag mich! Bin selbst gespannt, was ich darauf antworten werde. Nein, antworte Du für mich. Verrate mir, warum ich Michael dazu auserkoren habe, mich zu entjungfern. Oh Gott, klingt das kitschig! Solche Sätze gehören nicht in meine Mails, sondern höchstens in meine schwarzen Notizbücher.
Hab übrigens schon jede Menge geschrieben und das meiste ist sogar richtig gut. Brödersbüll inspiriert mich. Muss an der Luft hier liegen. Oder an der Langeweile.

Fühle mich hier wie eine richtige Schriftstellerin. Eigentlich ein Scheißgefühl. Kann nichts erleben, ohne dabei zu überlegen, was ich dazuerfinden müsste, um aus diesem Erlebnis eine tolle Story zu machen.
Was treibst Du denn den ganzen Tag in Düsseldorf? Bist Du sauer, dass Du als Einzige aus unserer Klasse in den Ferien zu Hause bleiben musst? Wie geht's Deinem kleinen Bruder? Wollte Dich Mira mal wieder umbringen? Wieso hast Du sie nicht schon längst einschläfern lassen? Malst Du fleißig Bilder? Weißt Du, dass ich Dir diese ganzen Fragen nur stelle, um so zu tun, als würde mich Dein Leben interessieren? Weißt Du, dass es südlich vom Nordpol nichts Wichtigeres für mich gibt als mich selbst? Weißt Du, dass ich Dich trotzdem furchtbar lieb habe?
Tu mir einen Gefallen: SCHREIB MIR!
Einen dicken Schmatzer von Deiner
G

Sie

trug einen roten Minirock, schwarze Turnschuhe und ein weißes T-Shirt, als sie zum ersten Mal in die Bäckerei kam. Wow – der Typ hinter der Theke! Sein Anblick haute sie fast um. Er sah aus wie ein Model, das sich als Bäcker verkleidet hatte. Wie alt mochte er sein? Auf jeden Fall alt. Also über zwanzig.

Er lächelte sie an. Das heißt, erst lächelte er ihre Beine an und dann ihren Busen. Und erst danach lächelte er ihr ins Gesicht. Darüber hätte sie sich bestimmt geärgert, wenn er hässlicher gewesen wäre. Aber dieser Bursche war einfach perfekt! Kurze, schwarze Haare, grüne Augen, die schönste Nase, die sie je gesehen hatte, volle Lippen und ein Kinn, das sie gern berührt hätte, um zu prüfen, ob es wirklich so perfekt rasiert war, wie es den Anschein hatte.

»Guten Morgen!«, sagte er mit einer Stimme, die sie kein bisschen enttäuschte. »Bitte sehr?«

Nein, das war kein Lächeln mehr in seinem Gesicht, sondern ein Strahlen. Sie senkte schnell den Blick und betrachtete die Berliner, Amerikaner und Florentiner in der Theke, dachte dabei aber nur an den Brödersbüller, der dahinterstand und sie anhimmelte. Nicht dass sie diese Anhimmelei nicht gewohnt gewesen wäre! In der Straßenbahn, auf dem Schulhof, im Freibad, im Supermarkt, im Eiscafé – überall wimmelte es nur so von Gaffern, die sie anglotzten. Aber diesmal hätte sie gerne zurückgeglotzt.

Wie hatte sich dieser Schönling ausgerechnet in so ein Kaff verirrt? Vermutlich war er gar kein richtiger Bäcker. Und auch kein echter Brödersbüller. In den Sommermonaten arbeiteten hier jede Menge Studenten aus ganz Deutschland. Als Kellner, Zimmermädchen, Rettungsschwimmer.

»Sechs Brötchen«, sagte sie, ohne den Kopf zu heben.

Eine Tüte raschelte. Während sie den Fünfer auf die Theke legte, schaute sie sich im Laden um. Eine ganz normale Bäckerei. Hier gab es nichts, was sie nicht schon mal woanders gesehen hätte. Auch Typen wie dem Bäcker war sie schon häufiger begegnet. In der Düsseldorfer Altstadt oder auf der Königsallee wäre er ihr wohl gar nicht aufgefallen. Aber hier im hintersten Ostfriesland, zwischen Sahnetorten, Croissants und Dinkelbroten, hatte sie ihn einfach nicht erwartet. Jetzt erschienen ihr die drei Wochen in diesem Nest am Ende der Welt nicht mehr ganz so trostlos.

Der schöne Bäcker würde sein Herz an sie verlieren, jawohl! Sie sah sich Hand in Hand mit ihm über den Strand laufen, natürlich in Zeitlupe, wie sich das für einen schnulzigen Liebesfilm gehört. Klar, sie würde nur so tun, als hätte sie sich in ihn verknallt. In Wirklichkeit liebte sie nämlich einen anderen. Aber der

Bäcker würde ihr dabei helfen, diesen anderen nicht so entsetzlich zu vermissen, dass ihr Stolz darunter litt.

»Auf Wiedersehen!«, flötete sie, nahm die Tüte und das Wechselgeld und warf ihm ein Lächeln zu, das sie selbst zum Erröten brachte. So eindeutig war die Botschaft, die sie in dieses Lächeln gelegt hatte.

»Wie heißt du?«, fragte er sie prompt.

»Tabea.«

»Schöner Name.«

»Und du?«

»Ansgar.«

»Kein schöner Name.«

Er nickte.

»Student?«, fragte sie.

»Nein, Bäcker. Mir gehört der Laden. Geerbt. Mein Vater ist vor drei Monaten gestorben. Ertrunken.«

»Und deine Mutter?«

»Oben. Krank. Ziemlich schwer.«

»Aha. Tschüss!«

Sie drehte sich um und verließ den Laden. Er rief nicht hinter ihr her, aber sie spürte seine Blicke. Auf ihren Beinen. Auf ihrem Hintern. Auf ihrem Nacken. Sie hatte die Haare hochgesteckt. Fehler! Bei diesem heftigen Wind hätte es sicher toll ausgesehen, wenn sie jetzt mit wehender Mähne über die Straße stolziert wäre.

Als sie auf das Haus zusteuerte, in dem ihre Eltern eine Ferienwohnung gemietet hatten, wusste sie, dass niemand sie morgen und in den nächsten Wochen darum bitten musste, die Brötchen zu holen. Nun hatte sie wenigstens einen Grund zum Aufstehen.

Beim Frühstück stellte sie sich vor, wie der Vater des Bäckers im Meer ertrank. Zu weit hinausgeschwommen und dann total erschöpft in den Wellen versunken. Sie hörte seine Hilfeschreie und sah drei Möwen, die gelassen ihre Kreise über ihm drehten. Nachdem ihn die Nordsee verschluckt hatte, flogen sie in die Sonne, die am Horizont schon halb ins Meer getaucht war. Ob sie unter Wasser die Leiche des alten Bäckers anstrahlen würde? Ob sein Tod die Strafe dafür war, dass er seinem wunderschönen Sohn den hässlichen Namen Ansgar gegeben hatte? Ob Mädchen, die ihre Fantasie nicht im Zaum halten konnten, eines Tages in der Klapsmühle landen würden?

Wann

hauen meine Eltern endlich ab? Ich will nicht, dass sie mein Gedudel hören. Ihre Komplimente sind schlimmer als die ständigen Nörgeleien meines Flötenlehrers, der einfach nie zufrieden mit mir ist. *Das kannst du viel besser* ist der Standardsatz, mit dem er mich seit fünf Jahren zum Üben anspornen will. Das Blöde ist, dass ich Woche für Woche auf diesen billigen Trick reinfalle und tatsächlich übe wie verrückt, weil ich es immer besser können möchte.

Laut dem Dirigenten unseres Schulorchesters bin ich richtig gut. Nächstes Jahr darf ich sogar als Solistin mit einem Flötenkonzert von Antonio Vivaldi auftreten. Die Noten für das Stück habe ich noch nicht, aber ich weiß schon ganz genau, was ich bei dem Konzert anziehen werde. Und ich höre auch schon den Applaus.

Es klopft.

»Nein!«, rufe ich, worauf mein Vater hereinkommt und die Tür hinter sich schließt.

»Bist du schwerhörig?«, brumme ich. »Ich habe dich nicht reingebeten.«

»Was ist das?«, fragt er und zeigt auf das Gerät auf dem Tisch.

»Rate mal! Antwort A: ein Mondfahrzeug. Antwort B: ein Rasenmäher. Antwort C: ein Dackel.«

»Das ist ein Kassettenrekorder.«

»Richtig!«, lobe ich ihn. »Willst du noch eine Runde weiterraten? Oder nimmst du diesen Schokoriegel als Gewinn und hörst auf und haust ab?«

»Sag mal, was ist eigentlich los mit dir?«

Ach du Schande! Dieser ernste Ton gefällt mir ganz

und gar nicht. Und auch nicht die gequälte Miene, mit der mein Vater mich mustert. Anscheinend muss ich was richtig Schlimmes getan haben. Fragt sich nur, was!

»Nein, ich bin nicht drogensüchtig!«, versichere ich meinem Vater. »Und ich trinke auch nicht, jedenfalls nicht so viel wie du. Und geraucht habe ich auch noch nie. Und beim Sex mit mir müssen alle Männer Kondome benutzen.«

Vater runzelt die Stirn. »Welche Männer?«

»Vergiss es!«, seufze ich. »Das war nur Spaß! Erzähl mir jetzt endlich, was mit mir los sein soll.«

»Wir sind seit drei Tagen hier und du hast noch keinen einzigen Tag mit uns am Strand verbracht.«

»Blödsinn! Heute Vormittag war ich doch da.«

»Stimmt«, gibt Vater zu. »Aber nur für eine Stunde.«

»Und wieso? Weil der Strand gar nicht da war. Dazu gehört für mich nämlich nicht nur Sand, sondern auch Wasser.«

»Es war gerade Ebbe. Am Wattenmeer ist alles anders, das weißt du genau. Letztes Jahr hattest du doch auch deinen Spaß hier in Brödersbüll!«

»Wie kommst du denn darauf? Ich habe mich nur bemüht, euch nicht zu zeigen, wie sehr ich mich langweile. Falls du es noch nicht gemerkt hast: Ostfriesland ist nicht gerade der aufregendste Teil der Welt. Und ihr beide seid nicht die größten Entertainer im

Universum. Warum soll ich mit euch von morgens bis abends im Sand hocken?«

»Warum nicht?«

Weil mich meine Eltern nicht dabei beobachten sollen, wie ich ununterbrochen auf mein Handy starre. Seit gestern Vormittag habe ich nichts mehr von Michael gehört. Sieht ganz so aus, als wären meine Hirngespinste Wirklichkeit geworden. Michael hat sich eine neue Freundin zugelegt und mich vergessen. Wie ich ihn hasse, diesen Idioten! Nur mich selbst hasse ich noch mehr, und zwar dafür, dass ich ihn immer noch liebe.

Wieso schaut mir mein Vater nicht mal richtig in die Augen? Meine Wangen haben heute mehr Salzwasser abgekriegt, als wenn ich im Meer geplanscht hätte. So viel wie heute habe ich noch nie im Leben geheult. Den ganzen Tag habe ich versucht, meine Tränen in eine Geschichte tropfen zu lassen, aber ich brachte keinen einzigen vernünftigen Satz zustande. Und leider auch keinen unvernünftigen. Dabei spukten mir tausend schräge Gedanken und Gestalten im Kopf herum. Dass man keine traurigen Geschichten schreiben kann, wenn man traurig ist, wusste ich schon vorher. Aber dass ich überhaupt nicht schreiben kann, wenn meine Fantasie förmlich explodiert, ist ganz neu für mich. Danke für diese tolle Erfahrung, Michael!

»Kommst du mit essen?«, fragt mich mein Vater. »Wir wollen in die Kutterstuben.«

»Essen gehen? Im Restaurant? Seid ihr wahnsinnig? Das kostet doch Geld! Der Preis für den Strandkorb hat euch doch schon in Depressionen gestürzt! Ach nee, die hattet ihr ja bereits vorher.«

»Du kommst also nicht mit?«

»Tut mir leid, ich hab was Wichtigeres vor.«

»So?«

»Ja, glaub mir!«

»Tu ich aber nicht. Tschüss!«

Er will gehen, aber ich halte ihn am Arm fest und drücke ihm schnell einen Kuss auf die Backe. Keine Ahnung, wieso. Wahrscheinlich aus Mitleid. Weil er so ein Angsthase ist, dass er sich nicht richtig mit mir fetzen will. Sollte später meine Tochter so mit mir reden wie ich eben mit meinem Vater, kann sie ihre Sachen packen und abhauen. Egal, wie alt sie ist. Aber ich wäre sowieso nicht so dumm wie meine Eltern und würde mir ein Einzelkind zulegen. So was wie mich würde ich nicht haben wollen, nicht mal geschenkt! Ich bin – na ja, ich bin halt ich. Und darum ist es auch so verdammt schwer, mich zu lieben. Stimmt's, Michael?

Kaum sind meine Eltern aus der Wohnung verschwunden, hole ich meine Querflöte aus dem Nachtschrank. Was ich vorhabe, ist wirklich wichtig.

Nicht nur für mich, sondern auch für den Rest der Welt.

Die letzten Tage meiner Oma Friederike werde ich nie vergessen. Schade. Ehrlich gesagt, würde ich nichts lieber vergessen.

Zu gerne würde ich Oma Friederike so in Erinnerung behalten, wie ich sie geliebt habe. Cool, witzig, mit diesem seltsamen Leuchten in den Augen, wenn sie von ganz alltäglichen Dingen schwärmte: von einer Tasse Kaffee, einem Spaziergang im Hofgarten, einem Gespräch mit einem Busfahrer. Sie konnte sich für Sachen begeistern, die normale Menschen nicht mal bemerkten. Nein, Oma Friederike war nicht normal. Und genau darum schockte mich auch ihr Tod so sehr, weil er so schrecklich normal war wie in einer miesen Arztserie.

Drei Tage vor ihrem Tod konnte sie niemanden mehr erkennen. In all dem wirren Zeug, das sie redete, versuchten meine Eltern, irgendwelche versteckten Bedeutungen zu finden. Aber der Unsinn, den sie von sich gab, war einfach nur Unsinn, an dem wohl die Medikamente schuld waren, mit denen sie vollgestopft wurde.

»Der Affe – der Affe in Köln«, stammelte sie eines Abends, worauf meine Mutter behauptete, damit sei mein Onkel Jürgen gemeint, der in der Nähe von Köln lebte. Aber warum sollte ihn Oma als Affe bezeichnen? Weil er schon mal eine Banane gegessen hatte?

Ich war stinksauer auf meine Eltern, weil sie unbedingt etwas erklären wollten, wofür es keine Erklärung gab. Das galt vor allem für das Sterben und den Tod. Mehrmals versuchte mein Vater, ein paar schlaue Worte darüber zu verlieren, aber es war völlig sinnlos. Er verhedderte sich in komplizierten Sätzen, die kein Ende fanden und aus denen ich ihm nicht heraushelfen konnte, weil ich gar nicht richtig zugehört hatte.

Am letzten Morgen überraschte ich ihn vor Omas Bett dabei, wie er »Scheiße! Scheiße! Scheiße!« murmelte, und das war eigentlich alles, was es dazu zu sagen gab. Selbst Oma Friederike hätte keinen anderen Kommentar über ihren eigenen Tod abgegeben, wenn sie noch bei Verstand gewesen wäre. Aber sie lag nur da und brüllte und brüllte, und dann brüllte sie nicht mehr und atmete nur noch, und das bis exakt 11 Uhr 43.

Als ich sie zum letzten Mal betrachtete, ehe sie abgeholt wurde, dachte ich an alles, was ich ihr nicht gesagt hatte. Sollte sie irgendwelche Geheimnisse mit ins Grab nehmen, würde keins von mir darunter sein.

Ich wusste nicht so genau, ob ich froh oder traurig darüber sein sollte. Dass ich über mich selbst nachdachte, obwohl gerade der für mich wichtigste Mensch auf der Welt gestorben war, hätte mich eigentlich wütend auf mich selbst machen sollen. Stattdessen war ich wütend auf Oma Friederike, weil sie mich allein gelassen hatte. Wie gemein von ihr! Offenbar hatte sie keinen Schimmer gehabt, wie sehr ich sie brauchte. Woher auch? Ich hätte es ihr ja mal sagen können. Aber sie hätte mir bestimmt nicht geglaubt.

Auf ihrer Beerdigung heulten so viele Verwandte, die ich nicht ausstehen konnte, dass ich meine Tränen zurückhalten musste. Ich nahm mir vor, am Tag darauf Omas Grab zu besuchen und mich ganz allein von ihr zu verabschieden. Seitdem nehme ich mir das mindestens einmal in der Woche vor.

Dieser

verfluchte Sand! Dauernd fliegt er mir in die Augen.

»Nicht reiben!«, ermahnt mich meine Mutter. »Sonst wird es schlimmer.«

Ich reibe weiter. Noch schlimmer kann es überhaupt nicht mehr werden! Michael simst nicht. Eben hat eine Möwe auf mein schwarzes Notizbuch gekackt. Vater macht sich gerade mit ein paar peinlichen Yogaübungen lächerlich. Mutter liest die BILD-Zeitung. Michael simst nicht. Ein uralter Glatzkopf mit zehn Kilo Brusthaaren glotzt mich die ganze Zeit an. Die Bockwurst, die ich vor einer Stunde verdrückt habe, kommt mir immer noch hoch. Zwei Babys brüllen um die Wette. Und Michael simst nicht.

Immerhin ist das Wasser zu sehen, wenn auch in etwa zwei Kilometer Entfernung. Ich liege auf einem weißen Badetuch und verbringe die Stunden damit, verschiedene Dinge nicht zu tun: nicht an Michael zu denken, mich nicht über den gaffenden Glatzkopf aufzuregen, nicht den blonden Riesen wahrzunehmen, der mich seit heute Morgen beobachtet, und nicht mit meinen Eltern zu reden. Zehn Mal haben mir die beiden nun schon erklärt, wie froh sie sind, dass ich den Tag mit ihnen am Strand verbringe. Noch ein Wort darüber und ich buddle mich für den Rest des Urlaubs im Sand ein!

Erstaunlich, mit welchen Kleinigkeiten man seinen Eltern eine Freude bereiten kann. Eigentlich hatte ich ihnen nur höchstens ein Stündchen Gesellschaft leisten wollen. Doch als ich aufbrechen wollte, tauchte dieser blonde Typ auf und ließ sich etwa zwanzig Meter neben uns nieder.

Er hat stoppelkurze Haare, einen schlaksigen, braun gebrannten Körper und ein Schafsgesicht und ist überhaupt nicht mein Typ. Darum schenkte ich ihm anfangs null Beachtung. Doch dann schmierte er sich mit Sonnenmilch ein und bewegte sich dabei so geschmeidig wie ein Panther. Als er fertig war, hockte er sich auf sein Handtuch, holte ein Buch aus seinem Rucksack und fing an zu lesen. Das heißt, er tut nur so, als würde er auf die Seiten schauen. In Wirklichkeit starrt er fast ununterbrochen mich an. Oder bilde ich mir das nur ein? Eine viel zu große Sonnenbrille verbirgt seine Augen. Die muss ich unbedingt gesehen haben, ehe ich entscheiden kann, ob mich der Knabe interessiert oder nicht. Hätte sich Michael allerdings heute per SMS gemeldet, dann wäre mir der blonde Typ vielleicht gar nicht aufgefallen.

Michael!

Ich schaff es einfach nicht, das Handy aus der Hand zu legen. Beim Lesen, beim Schreiben, beim Dösen – mindestens alle zwei Minuten werfe ich einen Blick aufs Display. Nichts. Keine neue Nachricht. Hat etwa ein Kamel Michaels Handy gefressen? Oder ist er selbst beim Schwimmen von einem Hai verputzt worden? Aber es ist wohl eher anzunehmen, dass ihm irgendeine Schlampe am Strand oder in der Hoteldisco den Kopf verdreht hat. Die beiden planschen jetzt bestimmt im Pool herum. Ob sich Michael noch an meinen Vornamen erinnern kann? Oder an meine Augenfarbe? Oder wenigstens an meine Körbchengröße? Meine Handynummer hat er auf jeden Fall schon vergessen.

»Was liest du denn da?«, fragt Vater, der endlich mit seinen Übungen fertig ist.

»Einen Ratgeber mit dem Titel *Wie ignoriere ich einen halb nackten Fettsack, der vor dreihundert Zuschauern seine Knochen verrenkt?*«

»Das war Yoga«, meint er grinsend und lässt sich neben Mutter im Strandkorb nieder. »Dafür muss man sich nicht schämen.«

»Beim Kopfstand hingen deine Nasenhaare im Sand. Wie lange willst du sie noch wachsen lassen? Bis du drüberstolperst?«

»Kann dir das nicht egal sein?«, mischt sich Mutter ein, worauf Vater sogleich das Thema wechselt.

»Gehst du gleich mit ins Wasser?«, fragt er mich.

»In welches Wasser?«

»In einer Stunde ist es hier vorne. Dein Handy musst du aber hierlassen.«

»Warum schickt dir Michael keine SMS mehr?«, will Mutter prompt wissen und lässt die Zeitung sinken. »Habt ihr euch gestritten?«

»Noch nicht.«

»Was soll das heißen?«

»Ach, Mutti!«

Ich versenke mich wieder in mein Buch, einen Roman von Kathy Lette, den mir Frau Marquardt empfohlen hat. Ich wäre total begeistert von dem Buch, wenn ich es richtig genießen könnte. Aber auf jeder Seite taucht Michael auf, leider nicht allein, sondern jedes Mal mit einem anderen Mädchen im Arm oder am Hals oder auf dem Schoß.

Eifersucht …

Bis vor ein paar Tagen wusste ich gar nicht, dass es dieses Gefühl auch im richtigen Leben gibt und nicht nur im Kino oder im Fernsehen oder in Romanen. Nein, ich war noch nie eifersüchtig! Das waren die Typen, in die ich bisher verknallt gewesen bin, gar nicht wert. Es fiel mir schon schwer genug, mich auf sie zu konzentrieren, wenn ich mit ihnen zusammen war. Warum sollte ich mir den Kopf darüber zerbrechen, was sie so trieben, wenn sie *nicht* mit mir zusammen waren? Dafür war mir meine Fantasie viel zu schade.

Mutter lässt nicht locker. »Vielleicht ist sein Handy kaputt«, vermutet sie, während sie die Zeitung zusammenfaltet. »Hast du die Nummer von seinem Hotel?«

»Hast du fünfzig Euro, um ein Gespräch nach Afrika zu bezahlen?«

Vater lacht. Worüber? Mutter zündet sich eine Zigarette an. Sie schaut zu dem blonden Jungen hinüber. Ein Lächeln huscht über ihr Gesicht. Mir fällt eine neue Geschichte ein. Keine Liebesgeschichte. Keine Todesgeschichte. Eine Geschichte über Zigaretten und ein Lächeln, das ständig auf der Flucht ist. *Flüchtiges*

Lächeln. Nicht übel, der Titel. Eine der vielen Geschichten, die ich nie schreiben werde, weil ich sie zu deutlich vor mir sehe.

Ich möchte keine Schriftstellerin werden. Ich weiß jetzt schon viel zu genau, wie mein Leben als Schriftstellerin ablaufen wird. Zu schön, um wahr zu sein. Zu wahr, um schön zu sein. Solche Wortverdrehungen stimmen eigentlich nie, aber manchmal klingen sie ganz gut. Ich könnte viel besser mit Worten umgehen, wenn ich mehr lesen würde. Aber wenn ich mehr lesen würde, würde ich auch mehr über das schreiben, was ich gelesen habe. Frau Marquardt will mich vom Lesen abhalten. Und empfiehlt mir ständig tolle Bücher, die ich lieber nicht lesen sollte. Ich liebe sie. Das habe ich ihr sogar schon mal gesagt. Sie hat gekichert, total verlegen. Wie ein kleines Mädchen. Am nächsten Tag in der Schule bekam ich einen Aufsatz von ihr zurück. Mit einer Fünf. Ich hab mir geschworen, ihr keine meiner Geschichten mehr zum Lesen zu geben. Das habe ich auch eisern durchgehalten – zwei Tage lang. Ohne Leserin macht das Schreiben überhaupt keinen Spaß.

»Ich habe Hunger!«, verkünde ich, lege das Buch auf mein Badetuch, nehme das Portemonnaie und gehe zur Imbissbude. Unterwegs drehe ich mich zu dem blonden Jungen um. Er liest weiter.

Feigling!

Liebe G!

Nein, mein kleiner Bruder ärgert mich nicht. Nein, Mira ist mir seit ihrem letzten Mordversuch nicht mehr an die Kehle gesprungen. Nein, ich habe nicht vor, meine Killerkatze einschläfern zu lassen. Wenn ich sie töten will, kann ich ihr auch erzählen, wie mein Leben in den Sommerferien abläuft. Wetten, dass sie vor Langeweile vom Balkon springen wird? Nein, ich male keine Bilder. Habe kein Geld für neue Farben. Ich male mir im Moment meine Zukunft aus. Dafür brauche ich keine Farben.

So, und damit sind alle Fragen in Deiner Mail beantwortet. Kommen wir endlich zu einem Thema, das Dich garantiert mehr interessiert: zu G. Schumann.

Hier sind sieben Gründe dafür, warum Du Dir ausgerechnet von Michael Schwegler die Jungfernschaft rauben zu lassen gedenkst:

1. Er sieht nicht übel aus.
2. Er hat keinen Mundgeruch.
3. Er duscht. Sogar mehrmals die Woche.
4. Er wird vorher und nachher keinen Unsinn reden. Er wird gar nicht reden. Wie immer. Es sei denn, Du willst Dir vorher von ihm

erklären lassen, was gleich biologisch, physisch und chemisch bei Euch ablaufen wird. Wetten, dass er besser über Schamlippen Bescheid weiß als Du? Und dass er die chemische Zusammensetzung seines Spermas ganz genau kennt? Und dass er ausrechnen kann, wie viele Kalorien bei zwanzig Minuten Sex verbrannt werden?

5. Wegen Tamara.
6. Wegen Tamara.
7. Wegen Tamara.

Na, bist Du jetzt sauer auf mich? Bin ich nun endgültig für Dich gestorben? Ist mir scheißegal! Ich hab mich in den letzten Monaten fast jeden Tag über Dich geärgert. Wieso halten Dich eigentlich alle für meine beste Freundin, nur Du selbst nicht? Nach Deinem Anfall im Hofgarten hab ich zwei Tage lang geheult. Eigentlich wollte ich Dir das nie sagen. Ach Quatsch, das stimmt nicht: Ich wollte es Dir UNBEDINGT sagen! Allerdings kam bis jetzt noch nicht der richtige Moment dafür. Okay, nun weißt Du es. Und wenn Du ab sofort nichts mehr mit mir zu tun haben willst, dann wäre ich vielleicht sogar ganz froh darüber. Falls

Du es noch nicht bemerkt hast: Du bist nicht mehr die G von früher!
Schönen Urlaub!
Isabel

PS: Das mit Tamara muss ich ja wohl nicht erklären, oder? Seit sie vor zwei Jahren in unsere Klasse kam, hast Du ein Riesenproblem mit ihr, auch wenn Du ständig das Gegenteil behauptest. Du hältst sie für eine Schlampe und wolltest darum selbst eine werden. Blöderweise ist sie aber gar keine (und Du bist erst recht keine, wie sehr du dich auch anstrengst!). Mit allem anderen, was Du über Tamara denkst, liegst Du ebenfalls ziemlich daneben. Sie ist nicht ganz so dumm, wie Du hoffst, aber auch nicht ganz so schön, wie Du fürchtest. Warum kannst Du sie nicht so sehen, wie sie ist? Weil sie Dich nicht halb so spannend findet wie Du Dich selbst? Ja, sie ist die Einzige in unserer Klasse, die völlig immun ist gegen Deinen Charme. Beeindruckt Dich das wirklich so sehr? Du willst nur deshalb so schnell wie möglich mit einem Jungen schlafen, weil sie letzte Woche mit Nils geschlafen hat. Dieser Junge muss unbedingt

Michael sein, weil ihn Tamara auf dem Schulfest anmachen wollte. Gib's doch zu!

PS 2: Es ist mir NICHT scheißegal, wenn ich für Dich gestorben bin. Du kannst mich behandeln wie den letzten Dreck und auch sonst machen, was Du willst: Du wirst trotzdem immer meine beste Freundin bleiben!

PS 3: Sollte ich mich irgendwann in den nächsten sechzig Jahren ebenfalls dazu entschließen, mich entjungfern zu lassen (KLINGT DAS BESCHEUERT!!!), dann hätte ich genau wie Du nichts dagegen, wenn Michael Schwegler dabei die männliche Hauptrolle spielen würde.

Hi, Isabel!

1. Ja, Du bist für mich gestorben.
2. Alles, was Du über Tamara und mich geschrieben hast, ist kompletter Schwachsinn. Ich und Schlampe? Nur weil ich in den letzten Jahren mit etwa dreißig Jungs zusammen

war? (Achtundzwanzig, um ganz genau zu sein!) Was Tamara mit Nils getrieben hat, interessiert mich kein bisschen. Am Schulfest hat sie ein paar Minuten lang mit Michael getanzt. Womit hat sie ihn dabei angemacht, hä? Indem sie mit ihren Eutern gewackelt hat? Das tut sie auch, wenn sie atmet. Im Übrigen halte ich sie weder für dumm noch für schön. Dass sie mich komplett ignoriert, liegt nur daran, dass ich sie komplett ignoriere.

3. Letztens im Hofgarten hatte ich keinen »Anfall«. Da habe ich Dir nur erklärt, warum ich so gern allein bin. Und warum ich alles für mich behalte, was wirklich wichtig für mich ist. Damit wollte ich nicht sagen, dass Du mir unwichtig bist. Damit wollte ich nur sagen, dass der Rest der Welt unwichtig für mich ist. Es ist nicht meine Schuld, wenn Du Dich zum Rest der Welt zählst. Für mich gehörst Du nicht dazu. Jedenfalls nicht immer.

4. Freut mich außerordentlich, dass ich nicht mehr die G von früher bin!

5. Mit Deinen ersten vier Gründen liegst Du gar nicht so falsch. Aber es muss noch mehr Gründe dafür geben, warum ich richtig mit

Michael schlafen will. (Kann man eigentlich falsch mit jemandem schlafen? Ehrlich gesagt, fürchte ich, dass beim ersten richtigen Schlafen so ziemlich alles falsch laufen wird!) Ich hab keinen Schimmer, wieso ich mir plötzlich einbilde, dass Michael der ideale Typ für das erste Mal ist. Die Idee kam mir auf der Fahrt nach Brödersbüll. Einfach so. Ich sah genau vor mir, wie wir beide es tun würden, und diese Vorstellung hatte überhaupt nichts Lächerliches oder Peinliches an sich. Die ganze Sache erschien mir nicht mal besonders wichtig, sondern irgendwie ganz normal und selbstverständlich. Aber wozu erzähle ich Dir das? Du verstehst mich sowieso nicht, sonst hättest Du in Deiner letzten Mail nicht so viel Mist über mich geschrieben.

6. Ich wäre auch gern Deine beste Freundin geblieben. Was ich im Hofgarten verzapft habe, hättest Du ruhig vergessen können. Genau wie ich. Ich vergesse alles, was ich sage und denke und fühle. Früher oder später. Darum schreibe ich ja so viel - damit ich auf meine alten Tage etwas habe, woran ich mich erinnern kann.

7. Tamara IST eine Schlampe!!!

8. Ich habe heute meine Querflöte verbuddelt. In einem Wäldchen. Unter einer wunderschönen Kiefer. Es war wie eine Beerdigung. Nur trauriger.
9. Scheiße, wir bleiben trotzdem Freundinnen!
10. Vergiss Punkt 9!
Schönes Leben!
G

Seit

zwei Stunden spaziere ich nun schon auf dem Deich herum. Erst in die eine und dann in die andere Richtung. Und dann wieder zurück. Komisch: Die ganze Zeit habe ich Rückenwind. Anscheinend wechselt der Sturm jedes Mal seine Richtung, wenn ich meine wechsle. In einer Geschichte würde ich so etwas niemals erwähnen. *Immer Rückenwind, wohin ich auch gehe* – das wäre mir viel zu platt.

Heute ist kein Strandtag. Die Sonne hat sich hinter grauen Wolken verschanzt. Ohne den dicken, blauen Pulli würde ich frieren, so kühl ist es geworden.

Auf der einen Seite das flache Land, unendlich weit. Wiesen, Bäume, Felder, Kühe, schnurgerade Straßen und Kanäle. Auf der anderen Seite das Wattenmeer bei Ebbe. In der Ferne die Umrisse zweier Inseln, die im Moment eigentlich gar keine sind, weil kein Wasser sie vom Festland trennt.

Hier oben auf dem Deich ist mächtig Betrieb. Jede Menge Familien sind unterwegs, zu Fuß und auf dem Fahrrad. Wenn ich andere Eltern sehe und vor allem höre, muss ich zugeben, dass ich mit meinen noch ganz gut bedient bin. Dauernd haben diese anderen Eltern was zu meckern oder (noch schlimmer!) was zu erklären: die Spannweite von Möwenflügeln, die Geschichte des Deichbaus, die Konstruktion von Gangschaltungen, blablabla! In Zukunft sollte ich mich nicht mehr darüber ärgern, dass meine Eltern nicht besonders viel wissen. Wenn sie mehr im Hirn hätten als ich, würden sie mir das auch dauernd beweisen wollen.

Mein Magen knurrt.

Ich verlasse den Deich und beschleunige meine Schritte. Um ein Uhr schließt die Bäckerei. Ich muss mich also beeilen, wenn ich noch ein Stück Mohnkuchen haben will.

Doch unterwegs vergesse ich völlig meinen Hunger, weil mir eine gute Geschichte einfällt. Als ich auf den Marktplatz komme, lasse ich mich auf der erstbesten Bank nieder, hole meinen Kuli und das schwarze Notizbuch aus dem Rucksack und schlage es auf. Meine Hand zittert beim Schreiben, so aufgeregt bin ich.

Erst nach drei Seiten halte ich inne und frage mich, ob das, was ich da in rasender Eile hingekritzelt habe, überhaupt etwas taugt. Ich lese alles durch. Und dann streiche ich alles durch.

So ein dummes Zeug!

Enttäuscht verstaue ich Notizbuch und Kuli wieder im Rucksack. Dabei fällt mein Blick auf die Kirchturmuhr. Zehn nach eins. Den Mohnkuchen kann ich vergessen. Und das wegen einer blödsinnigen Idee, die ich eine Viertelstunde lang für genial gehalten habe!

Ich will aufstehen – und setze mich schnell wieder hin. Drei Bänke weiter habe ich nämlich jemanden entdeckt. Einen riesigen Jungen mit kurzen blonden Haaren, vertieft in ein Buch. Er blättert gerade eine Seite um und hebt dabei kurz den Kopf. Bei meinem Anblick verzieht er keine Miene. Seine Augenfarbe kann ich nicht erkennen. Seine Klamotten sind okay. Nichts übertrieben Modisches, aber auch nichts Schlampiges. Beim Einkaufen muss er sich viel Mühe gegeben haben. Nichts lässt sich schwieriger zusammenstellen als ein Outfit mit der Botschaft: *Mein Outfit hat keine Botschaft!*

Er liest weiter. Ich warte. Was soll das? Ist er etwa zu schüchtern, um mich anzuquatschen? Er dürfte höchstens zwei Jahre älter sein als ich, also siebzehn. Pickel hat er noch keine. Ein richtiges Milchbubigesicht, das mich wieder an ein Schaf erinnert. Aber diese lässigen Bewegungen! Er sitzt nur da, die Beine übereinandergeschlagen, kratzt sich ab und zu am Hals oder am Knie und lässt das Buch von einer Hand in die andere gleiten. Wie verdammt lässig das alles aussieht! Genau wie gestern, als er sich mit Sonnenmilch eingeschmiert hat. Wetten, dass der Kerl diese ganzen Gesten stundenlang vor dem Spiegel übt? Bestimmt total arrogant, der Typ! Also genau der Richtige für mich.

Wann kapiert er endlich, dass diese Situation kein Zufall ist? Er und ich, zur selben Zeit am selben Ort. Vermutlich würde ich auch dann nicht aufstehen und weggehen, wenn jetzt das Handy in meiner Hand vibrieren und mir eine SMS von Michael präsentieren würde. Michael? Hieß er überhaupt so? Schon möglich.

»Oh nein!«, schreit der Blonde plötzlich und springt von der Bank und rennt in die Kirche. Lachend folge ich ihm. Von einer Sekunde auf die andere hat es zu hageln begonnen. Aus heiterem Himmel. Nein, aus stark bewölktem Himmel. Petrus sollte zum neuen Liebesgott ernannt werden.

In der Kirche ist es kalt und dunkel. Der Junge hat sich auf einer Bank in der ersten Reihe niedergelassen. Zum Lesen dürfte es nicht hell genug sein. Schade, dass ich keine Absatzschuhe trage, sonst würde ich sicher einen Heidenlärm hier drin machen. Und er müsste sich nach mir umdrehen. Meine Turnschuhsohlen sind leider nicht zu hören. Darum huste ich ein wenig. Er hustet zurück. Dann huste ich etwas kräftiger. Daraufhin niest er so laut, dass ich erschrocken zusammenzucke. Ich muss lachen. Er dreht sich um und grinst mich an. Ich komme näher. Er steht auf. So riesig ist er gar nicht. Nur einen Kopf größer als ich.

»Ich bin Sven«, stellt er sich vor und schüttelt mir die Hand. »Und wie heißt du?«

»Tabea.«

»Tabea?« Ist da ein spöttischer Ton in seiner Stimme? »Schöner Name.«

»Hmhm.«

Er schaut sich um. »Von außen sieht die Kirche viel größer aus.«

Ich nicke. »Hätte auch nicht gedacht, dass sie so klein ist.«

»In Brödersbüll ist alles klein. Zum ersten Mal hier?«

»Nein, zum zweiten Mal. Und du?«

»Zum ersten Mal. Und zum letzten.«

Auf dieses bescheuerte Frage-Antwort-Spiel würde ich gerne verzichten und lieber irgendwas Witziges sagen, aber mir fällt nichts ein. Ihm offenbar auch nicht. Seine Augen sind braun. Und wenn sie mich anlächeln, hat er gar kein Schafsgesicht mehr.

»Sieht irgendwie ärmlich aus, die Kirche«, meint er. »So leer. Kommst du aus Berlin?«

»Nein.«

»München?«

»Nein.«

»Köln?«

»Oh Gott!«

»Wieso oh Gott?«, wundert er sich.

»Weil ich aus Düsseldorf bin.«

»Na und?«

»Für richtige Düsseldorfer gibt's kein Köln.«

»Warum nicht?«

»Ach, das ist eine sehr lange Geschichte. Und eine sehr alte. Sie beginnt im Jahr 1288. Soll ich sie dir erzählen?«

»Nein. Es sei denn, du möchtest sie unbedingt loswerden. Dann würde ich so tun, als würde ich dir zuhören. Das kann ich echt gut.«

»Meinst du?«

»Ich hab dich gestern am Strand beobachtet. Du sahst total traurig aus.«

»Meine Oma ist gerade gestorben.« Ich senke den Blick. »Meine Lieblingsoma«, hauche ich so leise, dass ich kaum zu verstehen bin.

»Hm.«

Wir schweigen eine Weile. Ich betrachte meine Turnschuhe. Sie sind uralt und passen eigentlich gar nicht mehr zu mir. Nach Brödersbüll hab ich sie nur deshalb mitgenommen, um sie am letzten Ferientag unterm Bett zu vergessen.

»Tut mir leid«, murmelt Sven und legt seine rechte Hand auf meine linke Schulter.

»Schon gut«, erwidere ich tonlos.

Dann drehe ich mich um und gehe langsam zur Tür. Wetten, dass er meinen Hintern checkt? Jungs haben ihre Augen nicht unter Kontrolle. Jungs haben gar nichts unter Kontrolle.

Ich öffne die schwere Holztür. Es nieselt noch ein wenig, aber die Wolkendecke ist aufgerissen. Die nassen Pflastersteine auf dem menschenleeren Marktplatz glitzern in der Sonne. Hinter mir fällt die Tür ins Schloss. Wo bleibt Sven? Ich habe keinen Schimmer, was ich ihm gleich sagen soll. Irgendwas gefällt mir nicht an ihm. Ich weiß nicht genau, was. Und darum möchte ich ihn unbedingt näher kennenlernen.

SMS von Michael:
sorry, es gab probleme mit dem empfang. in ganz marokko ist das netz ausgefallen. hast du vielleicht in der zeitung gelesen.

In welcher Zeitung? Ich lese nur Bücher, und das weiß dieser Spinner ganz genau!

Was fällt dem Blödmann eigentlich ein, sich ausgerechnet jetzt wieder zu melden? Ich hatte ihn schon völlig abgehakt!

SMS von Michael:
ich liebe dich!

Ich dich auch, du Vollidiot!

Sven taucht neben mir auf.

»Ich wohne im Hotel Deichgraf. Und du?«

»Woanders.«

Er runzelt die Stirn. »Was ist los mit dir? Du bist ja ganz blass.«

»Meine Oma ist tot.«

»Entschuldigung.«

»Wofür? Du hast sie nicht umgebracht!«

Mühsam unterdrückt er ein Lächeln. Mein Handy vibriert schon wieder.

»Du hast eine SMS bekommen«, sagt Sven.

»Ach nee!«, erwidere ich so mürrisch wie möglich und setze mich in Bewegung.

»Sehen wir uns mal wieder?«, ruft er hinter mir her.

»Das lässt sich wohl kaum vermeiden.«

SMS von Michael:
superlangweilig hier. immer sonne. viel zu heiß.
wie ist das wetter bei euch? willst du immer noch mit mir schlafen?

SMS an Michael:
Schlecht. Ja.

Der schöne Bäcker schloss den Laden ab und zwinkerte dabei Tabea zu, die schon seit fünf Minuten vor dem Schaufenster auf ihn wartete.

»Ich musste noch hinauf zu meiner Mutter«, erklärte Ansgar. »Sie wollte genau wissen, mit wem ich heute ausgehe.«

»Wir gehen aus? Ich dachte, wir machen nur einen kleinen Spaziergang.«

»Und was ist, wenn wir Hunger kriegen?«

Dann knabbere ich an deinen Lippen, dachte Tabea.

Sie trug ein schwarzes Kleid, das ihr bis zu den Knien ging und sie um mindestens fünf Jahre älter machte. Die schäbigen Turnschuhe passten überhaupt nicht dazu. Am liebsten würde sie die alten Treter ausziehen und barfuß gehen, aber das würde sie garantiert wieder um zehn Jahre jünger machen.

»Was hast du deiner Mutter denn erzählt, mit wem du dich triffst?«, fragte Tabea, als sie den Marktplatz überquerten.

»Mit einer Kundin.«

»Mit dieser Antwort gab sie sich zufrieden?«

»Natürlich nicht. Ich musste ihr genau beschreiben, wie du aussiehst. Und das Alter musste ich ihr natürlich auch verraten. Wie alt bist du überhaupt?«

»Siebzehn«, schwindelte sie. »Und du?«

»Fünfundzwanzig.«

»Zusammen sind wir so alt wie mein Vater. Ist deiner denn wirklich ertrunken?«

»Ja.«

»Im Meer?«

»Nein, in der Badewanne. Er war total besoffen. Muss eingeschlafen und dann untergetaucht sein.«

»Oh Gott!«

»Wo kommst du eigentlich her?«

»Aus Düsseldorf.«

»Das sieht man gleich. An deinem Style. Tolle Stadt! Ich hatte da mal 'ne Freundin.«

»Jetzt nicht mehr?«, fragte sie.

»Nein. Und du? Hast du gerade einen Freund?«

Sie zögerte. »Nein.«

»Aha.«

»Doch. Aber er ist nicht hier, sondern in Agadir.«

Das reimte sich, was Ansgar jedoch gar nicht bemerkte. Interessierte er sich etwa nicht für Wörter? Und wenn ja, wäre das schlimm gewesen? Sie musterte ihn von der Seite. Sie waren inzwischen auf dem Deich angekommen. Er schaute hinüber zur Sonne, die erst in zwei Stunden ins Meer tauchen würde. Ihr fiel ein, wie sie sich den Tod seines Vaters vorgestellt hatte: in den Wellen versunken, beobachtet von drei Möwen. Stattdessen war er vollgetankt in der Wanne ersoffen. Eine Todesart, die sie noch nicht notiert hatte.

Sie gingen langsam nebeneinanderher und redeten. Über die zwei Inseln, deren Umrisse sie weit in der Ferne mehr ahnen als sehen konnten. Über die Urlauber, die ihnen begegneten und die den Bäcker freundlich grüßten und seine Begleiterin erstaunt musterten. Über Tabeas Eltern, die an diesem Abend von ihr mal wieder völlig neu erfunden wurden. Über Brödersbüll, das Tabea längst nicht mehr so öde fand wie am ersten Tag.

Sie redeten und lachten viel. Und dann schwiegen sie eine Weile. Tabea rechnete damit, dass er einen Arm um sie legen würde. Oder nach ihrer Hand greifen würde. Aber nichts passierte. Sie gingen und schwiegen. Immer wieder sah er zur untergehenden Sonne hinüber.

»Ich kann dich nicht küssen«, sagte er plötzlich und blieb stehen.

»Wie kommst du darauf, dass du das überhaupt darfst?«

Er zuckte mit den Schultern. »Als du vorgestern zum ersten Mal im Laden warst, hast du mich geduzt.

Wenn du Sie gesagt hättest, hätte ich mich heute Morgen nicht getraut, mich mit dir zu verabreden.«

»Du bist süß!«

Sie biss sich auf die Unterlippe. So was Dämliches hatte sie noch nie zu einem Typen gesagt.

»Ja, ich weiß!«, meinte er grinsend. »Ich bin wirklich süß. Darum bin ich ja Bäcker geworden.«

Nicht sehr originell, diese Bemerkung. Aber wenn man so gut aussah wie Ansgar, war es gar nicht nötig, auch noch witzig sein zu müssen. Um ihn nicht zu enttäuschen, lachte sie trotzdem über seinen letzten Spruch. Er starrte auf ihren Mund. Warum wirkte er dabei so ängstlich, als stünde er einem sprungbereiten Pitbull gegenüber?

Sein Handy klingelte.

»Ja, ich bin auf dem Deich, Mama! – Wirklich? – Keine Angst, ich beeile mich! Bin gleich da!«

Er steckte das Handy wieder in die Jeans.

»Tut mir leid, ich muss sofort nach Hause! Meine Mutter findet ihre Pillen nicht. Bleibst du noch hier auf dem Deich?«

»Ja.«

»Verlauf dich nicht! Sehen wir uns morgen früh in der Bäckerei?«

»Ja.«

Er nickte ihr zu und verschwand. Sie schaute ihm hinterher. Sie war froh, dass er sie nicht angerührt hatte. Sie wollte ihn nie mehr wiedersehen. Bis zu diesem Abend hatte sie sich für unwiderstehlich gehalten. Aber das war wohl ein Irrtum gewesen.

Seufzend bückte sie sich und zog ihre Schuhe aus. Barfuß setzte sie ihren Weg fort, immer geradeaus, der Sonne entgegen, die erst untergehen würde, wenn sie bei ihr angekommen wäre.

Liebe Isabel!

Kann sein, dass diese Mail ziemlich lang wird. Ich trau mich nämlich nicht aus dem Haus der Kurverwaltung. Es liegt direkt am Marktplatz. Und dort sitzt ein Junge namens Sven, dem ich auf keinen Fall über den Weg laufen möchte.

Vorgestern am Strand ist er mir zum ersten Mal aufgefallen. Irgendwie genau Dein Typ: groß, blond, cool und nicht auf den Mund gefallen. Gestern hat er mich angequatscht. Allerdings erst, nachdem ich ihn angehustet habe. In der Kirche. Gott ist mein Zeuge. Gott sieht alles. So wahr mir Gott helfe. Um Gottes willen. Gott sei Dank. Sätze mit Gott klingen irgendwie seltsam. Darum hab ich mal ein paar hingeschrieben, die mir gerade eingefallen sind. Erinnerst Du Dich

noch daran, dass die Bibel jahrelang mein Lieblingsbuch war? Mein Lieblingswort darin war FREVEL. Immer, wenn ich es las, bekam ich eine Gänsehaut.
Danke für Deine Mail. Ich habe bereits darauf geantwortet. Aber nachdem ich meine Antwort gelesen hatte, konnte ich es nicht übers Herz bringen, auf ABSCHICKEN zu klicken. Ja, ich habe es gelöscht! Wenn ich das nämlich nicht getan hätte, dann hätte ich mir eine neue beste Freundin suchen müssen. Aber wo hätte ich die finden sollen? Garantiert nicht auf diesem Planeten!
Deine sieben Gründe dafür, warum ich ausgerechnet Michael Schwegler den Frevel gestatte, mein Jungfrauendasein zu beenden, entbehren nicht ganz der Wahrheit, um es mal simpel auszudrücken. Auf die angeblichen Tamara-Gründe sollte ich nicht eingehen, weil sonst die Gefahr besteht, dass diese Mail ebenfalls nicht bei Dir ankommt. Aber so ganz unwidersprochen kann ich Deine Behauptungen einfach nicht stehen lassen.
Ich hab Dir schon tausendmal gesagt, dass mir Tamara inzwischen völlig schnuppe ist. Als sie damals in unsere Klasse kam, hat sie mich wirklich überrascht. Nein, zugege-

ben: Sie hat mich total durcheinandergebracht! Sie verteilte ihre Sympathien so huldvoll wie eine Königin, die Ländereien verschenkt. Sie war strohdumm und eingebildet und wurde trotzdem von allen angehimmelt, sogar von den Mädchen und von den Lehrern. Klar, ich hätte nichts dagegen gehabt, ihre Freundin zu werden. Aber sie mochte mich nicht. Wieso auch immer. Darum mochte ich sie auch immer weniger. Mittlerweile bin ich nicht die Einzige in der Klasse, die Tamara nicht ausstehen kann.
Mist, der Kerl hockt immer noch draußen auf dem Marktplatz! Ich wüsste zu gern, ob er das Buch in seiner Hand tatsächlich liest oder nur so tut, als ob. Es ist von Thomas Bernhard, wie ich gestern durch einen Blick auf den Umschlag feststellen konnte. Hast Du zufällig schon mal was von dem gehört? Was liest Du eigentlich gerade? Mal wieder eine Katzengeschichte? Gibt's überhaupt noch welche, die Du noch nicht kennst?
Ich habe meine Querflöte beerdigt. Ja, im Ernst! Schuld daran war ein alter Kassettenrekorder, den ich beim Rumstöbern in unserer Ferienwohnung entdeckt habe. Wusstest Du, dass ich mich noch nie habe spielen hören?

Im Rekorder ist ein eingebautes Mikro. Und damit hab ich mich selbst aufgenommen, mit einem Stück von Bach. Beim Anhören kamen mir die Tränen. Vor Wut! Wie hatte ich Idiotin mir nur einbilden können, ich hätte einen Funken Begabung? So was Peinliches!
Jetzt liegt die Flöte in einem Wäldchen. Unter einer Kiefer. Als ich das Loch buddelte, kam ich mir vor wie ein Mörder, der eine Leiche verschwinden lassen will.
Okay, das mit der Flöterei kann ich also abhaken. Bleiben noch Schauspielerin oder Schriftstellerin. Oder was Normales. Obwohl - inzwischen empfinde ich alles andere als Schreiben als unnormal. Schauspielerin bin ich ja sowieso. Ununterbrochen. Auch beim Schreiben. Vor allem beim Schreiben. Ich schlüpfe halt gern in Rollen. Und weißt Du, was? Je länger ich den blonden Sven dort unten auf der Bank betrachte, desto größere Lust habe ich darauf, in seinem Film eine Hauptrolle zu spielen. Mit Michael hat das natürlich überhaupt nichts zu tun. Die Sache mit Sven soll nur ein Test für meine schauspielerische Begabung sein. Höre ich da ein Kichern aus dem fernen Düssel-

dorf? Bemerke ich da ein boshaftes Grinsen auf Deinem Gesicht?
Meinen sogenannten »Anfall« im Hofgarten hatte ich schon längst vergessen. Ich war echt geschockt, dass Dich dieser Müll, in den ich mich da reingesteigert habe, zwei Tage lang zum Heulen gebracht hat. Bist Du noch ganz dicht? Früher hast Du über meine Sprüche nur gelacht, vor allem dann, wenn sie todernst gemeint waren. Und jetzt bringt Dich mein Geschwätz zum Flennen? Hast Du denn nicht die Szene erkannt, die ich im Hofgarten nachgespielt habe? Die war aus ADIEU, CHANTAL, dieser französischen Liebesschnulze mit der blonden Schwatzbacke, die alle Verehrer mit ihrem endlosen Geplapper in die Flucht getrieben hat. Weißt Du nicht mehr? Den Film mussten wir uns letztes Jahr im Universum antun, weil die uns nicht in den Sexfilm reingelassen haben, den wir uns eigentlich ansehen wollten.
Sorry, ich muss schnell weg! Sven hat gerade sein Buch im Rucksack verstaut. Er geht bestimmt zum Strand. Melde Dich bald wieder!
Bitte!
Kuss & Schluss!
G

Herr Marquardt hebt ab und knurrt in den Hörer: »Ja?«

»Guten Tag! Hier ist Gabriele Schumann.«

Ich hasse es, meinen Namen zu nennen. Und jedes Mal überträgt sich dieser Hass auch sofort auf denjenigen, dem ich meinen Namen verraten muss. Herrn Marquardt habe ich allerdings schon vorher gehasst. Bei meinem letzten Besuch in seinem Haus hat er mich wie Luft behandelt. Obwohl er zusammen mit seiner Frau und mir im Wohnzimmer saß, verschwendete er kein einziges Wort an mich. Beinahe hätte ich auf den Perserteppich gekotzt, nur um seine Aufmerksamkeit auf mich zu lenken.

»Kann ich Ihre Frau sprechen?«

»Wieso?«, brummt er unwirsch. »Es sind Ferien.«

»Tatsächlich? Hab ich noch gar nicht gemerkt. Und ich dumme Gans gehe jeden Morgen zur Schule und wundere mich noch darüber, dass sonst niemand da ist.«

Er legt auf. Ich auch. Dann wähle ich wieder dieselbe Nummer. Es klingelt. Nach einer halben Ewigkeit hebt Frau Marquardt ab.

»Warst du frech zu meinem Mann?«, fragt sie lachend. »Denk an seinen Blutdruck! Wenn er sich aufregt, kann das richtig gefährlich für ihn werden. Von wo rufst du an?«

»Aus Brödersbüll. In Ostfriesland. Aus einer Telefonzelle am Hafen.«

»Den kenne ich, den Hafen. Das ist ja wohl eher ein Häfchen, oder?«

»Kann man wohl sagen. Wer ist Thomas Bernhard?«

»Gefällt dir Kathy Lette nicht?«, fragt meine Deutschlehrerin erstaunt zurück.

»Doch. Die *Sushi-Schwestern* sind echt witzig. Aber es gibt hier einen Typ namens Sven, der immer mit Thomas-Bernhard-Büchern rumläuft.«

»Ist er hässlich? Oder verklemmt? Oder Kettenraucher? Oder zu dünn? Oder zu fett?«

»Nein. Er ist sehr nett und sieht auch ganz gut aus.«

»Hm. Sehr verdächtig. Liest er denn wirklich die Bücher? Oder trägt er sie nur mit sich rum?«

»Das hab ich mich auch schon gefragt«, gestehe ich. »Aber ehe ich ihn über diesen Thomas Bernhard ausquetsche, wollte ich erst von Ihnen wissen, wer das überhaupt sein soll.«

»Ein Österreicher. Eigenartiger Kauz. 1989 gestorben. Ich kenne alle seine Romane. Na ja, fast alle«, fügt sie hinzu. »Und eigentlich sind es auch gar keine Romane.«

»Sondern?«

»Das kann ich dir beim besten Willen nicht so schnell erklären. Gibt es keine Stadtbücherei in Brödersbüll?«

»Keine Ahnung.«

»Diese Bücher sind höchst merkwürdig. Die meisten haben keine Absätze. Und keine Anführungszeichen.«

»Hä?«

»Und keine richtige Handlung. Doch, eine Handlung schon, aber die dreht sich oft im Kreis, verstehst du? Er wiederholt sich ständig, variiert aber dabei die Wiederholungen. Ach du Schande!« Sie fängt wieder an zu lachen. »Jetzt gebe ich schon Deutschunterricht am Telefon.«

»Und das in den Sommerferien!«, grummelt Herr Marquardt im Hintergrund.

»Was willst du denn von diesem Sven?«, erkundigt sich seine Frau. »Bist du nicht mehr mit Michael zusammen?«

»Was heißt zusammen? Er ist in Marokko und ich am Wattenmeer.«

»Aber nur für drei Wochen.«

»Jetzt sind es nur noch zwei.«

»Hast du was geschrieben?«

»Hmhm.«

»Zufrieden damit?«

»Hmhm.«

»Darf ich es lesen?«

»Hmhm.«

»Ende nächster Woche fliegen wir nach Thailand. Ich weiß auch nicht genau, was wir da wollen.«

»Tempel besichtigen«, mischt sich ihr Mann erneut ein.

»Wie ist es denn so in Ostfriesland?«

Ich denke kurz nach. »Mir fallen jede Menge Geschichten ein.«

»Aha, es ist also stinklangweilig! Das freut mich für dich. Also was Thomas Bernhard betrifft –«

»Ich werde mir ein Buch von ihm besorgen.«

»Lieber nicht«, rät mir Frau Marquardt. »Du wirst ihn nicht mögen.«

»Abwarten. Viel Spaß in Thailand!«

»Spaß? Bei stundenlangen Tempelbesichtigungen?«

»Herzliches Beileid!«

»Danke!«, seufzt Frau Marquardt. »Danke gleichfalls!«

Sie

hatte absolut keine Lust auf die Party. Dominik meinte zwar, dort würde sie ein paar wichtige Leute treffen, aber wie viele von diesen Wichtigtuern waren wichtiger als sie selbst, Gundula Gebhard?

Vor genau vierundzwanzig Stunden hatte sie für die Hauptrolle in ihrem zweiten Film *Blut und Jade* den Goldenen Bären bekommen – eine scheußliche Figur, die sie irgendwo in der Rumpelkammer ihres Londoner Penthouses verstecken würde. Danach war sie von allen möglichen Dummschwätzern mit Komplimenten überhäuft worden, vor allem für die große Sterbeszene am Schluss. Was verstanden diese Trottel schon von Schauspielerei? Im Grunde verstand Gundula selbst nichts davon. Sie machte alles aus dem Bauch heraus. Man durfte nicht zu viel denken, wenn die Kamera lief, sondern nur fühlen. Das war alles. In der Sterbeszene war sie so großartig gewesen, weil sie dabei den Tod ihrer Großmutter gefühlt, ihr Sterben nachempfunden hatte. Den Tod von Oma Friederike, die schon ein Fan von ihr gewesen war, als Gundula noch gar nicht wusste, was Fans überhaupt sind.

Sie stand auf dem Balkon ihrer Luxussuite im zwölften Stock und blickte hinunter auf das nächtliche Berlin. Von oben herabsehen – das hatte ihr niemand auf der Schauspielschule beibringen müssen. Mit dieser Fähigkeit war sie schon auf die Welt gekommen. Als sie noch kleiner gewesen war als ihre Mutter, hatte Gundula schon mitleidig auf sie hinabgeschaut.

Diese elende Sauferei!

Erst vor zwei Tagen hatte Gundula ihre Mutter besucht. Hier in Berlin, wo sie allein in einer winzigen Wohnung in Spandau lebte. Nein, mit dem Trinken hatte sie immer noch nicht aufgehört. Natürlich hatte sie keine Fahne gehabt. Natürlich wankte sie nicht, als sie sich vom Sofa erhob und die Torte aus der Küche holte. Aber ihre Hände zitterten, als sie den Kaffee einschenkte. Und ihre Augen irrten umher wie zwei Ratten, die Ecstasy geschluckt hatten. Außerdem erkundigte sie sich viel zu oft nach Gundulas Vater, obwohl der eigentlich schon längst für sie gestorben war.

»Na, alles klar?«, fragte Jean-Claude, der in Gundulas schwarzem Bademantel auf den Balkon trat.

»Bist du verrückt?«, zischte Gundula wütend. »Zieh meinen Bademantel aus!«

»Aber darunter bin ich völlig nackt.«

»Zieh ihn aus! Und zwar sofort!«

Jean-Claude gehorchte. Sie riss ihm den Bademantel aus der Hand und warf ihn vom Balkon.

»Rühr nie mehr meine Sachen an, kapiert?«, warnte sie ihren frierenden Lover. »Sonst rühr ich dich auch nicht mehr an.«

Er nickte kläglich und verschwand.

Seit acht Monaten traf sie sich regelmäßig mit ihm. Die letzten sieben davon erschienen ihr plötzlich wie die reinste Zeitverschwendung. Es war allerhöchste Zeit, diesen Trottel loszuwerden. Außer einem knackigen Hintern und einem drolligen Akzent hatte Jean-Claude ihr nichts zu bieten. Wie dumm von ihr, immer auf die falschen Typen reinzufallen! Lag das an ihr oder an den Typen?

Ihr Handy klingelte.

»Ja?«, meldete sie sich mit gelangweilter Stimme.

Dominik war dran, ihr Agent. Er flehte sie an, auf die Party zu kommen.

»Brad Pitt ist auch da. Und Nicolas Cage. Und Madonna.«

»Alles Langweiler«, maulte sie. »In Monaco standen die auch nur blöd am Buffet rum und ödeten sich gegenseitig an.«

»Aber du könntest vielleicht irgendeinen wichtigen Hollywoodproduzenten treffen. Oder einen tollen Regisseur.«

»Richtig tolle Regisseure treiben sich nicht auf lahmen Partys rum. Und die wichtigen Hollywoodtypen können mich mal anrufen, wenn sie Zeit haben und ich Lust habe, mit ihnen zu reden. Gute Nacht!«

Sie unterbrach die Verbindung und schaltete das Handy aus. Dabei musste sie an ihr allererstes Handy denken, dieses rote Ungetüm, das ihr mal ins Klo gefallen war. Und daran, welche wichtige Rolle es in ihrem Urlaub in Brödersbüll gespielt hatte, damals, als sie noch mit Michael zusammen gewesen war. Von morgens bis abends hatte sie auf SMS von ihm gewartet. Tagsüber hatte sie es nicht aus der Hand gelegt. Nachts lag es unter ihrem Kopfkissen, damit sie die Vibration spürte, wenn sie eine Nachricht erhielt.

Sie lächelte. Wie hatte sie doch diese Ferien gehasst, den allerletzten Urlaub, den sie zusammen mit ihren Eltern verbracht hatte! Sie sah die beiden vor sich, wie sie im Strandkorb saßen und sich darüber stritten, wann die Flut endlich einsetzen würde. Wie glücklich die beiden damals gewesen waren! Und sie selbst eigentlich auch, obwohl sie es damals nie zugegeben hätte. Und später natürlich erst recht nicht. Eltern sind nicht dazu da, dass man ihnen die Wahrheit über sich verrät. Wenn sie ihre Kinder nicht ohne fremde Hilfe durchschauen können, haben sie etwas falsch gemacht.

Ein paar Sekunden lang hatte sie Lust, ihren Vater anzurufen. Wetten, dass der riesig stolz auf sie war? Dass er gestern in seiner Stammkneipe gesessen, bei der Preisverleihung auf den Fernseher gestarrt und immer wieder ausgerufen hatte: »Das ist meine Tochter!«? Wetten, dass er dabei ein höchst erstauntes Gesicht gemacht hatte, so als könnte er selbst nicht glauben, was er da behauptete?

Als sie zurück in die Suite kam, lag Jean-Claude nackt auf dem Bett.

»Ich mache Schluss mit dir«, verkündete sie tonlos und stieg aus ihrem roten Seidennachthemd.

Jean-Claude musterte sie mit verblüffter Miene. »Jetzt sofort?«

»Nein, morgen früh. Jetzt darfst du mich noch einmal lieben. Aber wenn ich aufwache, bist du verschwunden.«

Er nickte. Und dann streckte er seine wundervollen Hände nach ihr aus. Die Hände des berühmtesten Dirigenten auf der ganzen Welt.

Ich

habe ihn gar nicht kommen sehen, obwohl ich immer wieder nach ihm Ausschau gehalten habe. Darum zucke ich auch so heftig zusammen, als plötzlich seine Stimme ertönt.

»Was schreibst du denn da?«

Ich schlage das Notizbuch zu und fahre herum.

»Wie lange stehst du schon hinter mir?«, fauche ich Sven an. »Hast du was von mir gelesen?«

»Wofür hältst du mich eigentlich?«

»Für mindestens genauso neugierig wie mich selbst. An deiner Stelle hätte ich garantiert versucht, etwas zu lesen.«

»Hab ich auch«, gibt er grinsend zu. »Aber deine Schrift ist so furchtbar, dass ich kein Wort entziffern konnte.«

Er lässt sich neben mir auf der Bank nieder, auf der

ich seit heute Morgen sitze und schreibe. Sie steht am Hafen, in dem etwa fünfzehn kleine Schiffe vor Anker liegen. Die meisten sind Fischerboote, doch es gibt hier auch ein paar Jachten. Sie sind zwar nicht so nobel wie die Luxusteile, auf denen braun gebrannte Millionäre mit grauen Schläfen und vollbusigen Bikinimodels durch die Südsee schippern, aber ich würde mich nicht beschweren, wenn uns eins dieser Boote gehören würde.

»Magst du Krabben?«, will Sven wissen.

»Ja. Hast du etwa vor, mich zum Essen einzuladen?«

»Warum sollte ich?« Er zeigt auf das Handy in meiner linken Hand. »Hat er heute schon gesimst?«

»Wer?«

»Dein Freund.«

»Wie kommst du darauf, dass ich einen Freund habe?«

»Bist du lesbisch?«

»Ist das eine Quizshow? Wenn ich eine Million gewinnen kann, antworte ich vielleicht auf deine Fragen.«

Er verschränkt die Hände hinterm Nacken und sieht hinauf in den blauen Himmel. Heute trägt er ein schwarzes T-Shirt ohne Markenlogo und eine hellblaue, verwaschene Jeans von Joop. Dazu rote Adidas-Schuhe und die viel zu große Sonnenbrille, die sein halbes Gesicht verdeckt. Ich vermeide jeden Blick auf die Brille. Wenn ich den Kopf in seine Richtung drehe, schaue ich auf die Sommersprossen auf seiner Nase.

»Wo kommst du eigentlich her?«, setze ich das Fragespiel fort, weil mir sonst nichts Besseres einfällt.

»Nürnberg. Aber eigentlich aus Recklinghausen. Ruhrgebiet. Mein Vater hat 'ne kleine Firma. Und deiner?«

»Meiner nicht. Wie ist denn das Hotel Deichgraf?«

Er winkt ab, und das so cool, dass ich am liebsten um eine Zugabe bitte würde. »Möchte mal wissen, wofür der Schuppen seine vier Sterne bekommen hat. Der Pool ist nur halb so groß wie der bei uns zu Hause. Und unsere Köchin ist dreimal besser als dieser Amateur, der im Deichgraf am Herd steht. Die Zabaione kann man kaum von der Mayonnaise unterscheiden!«

»Mir kommen die Tränen.«

Er lacht. »Kommen mir hier auch immer. Wegen dem verfluchten Sand. Ich traue mich kaum noch an den Strand.«

SMS von Michael:
guten morgen, mein schatz! hab verschlafen! wahrscheinlich deshalb, weil ich von dir geträumt habe.

»Na, was hat er geschrieben?«

»Wer?«

»Dein Freund, wer sonst? War es irgendwas ganz besonders Süßes? Deine Augen haben geleuchtet wie zwei Fackeln, als du die SMS gelesen hast.«

Mist! Wieso hab ich mich nicht besser unter Kontrolle? Ist meine Schauspielerei etwa genauso eine Katastrophe wie mein Flötenspiel?

»Hast du eigentlich kein Handy?«, versuche ich, das Thema zu wechseln.

»Jeder Penner hat 'n Handy! Ich kauf mir wieder eins, wenn die Dinger aus der Mode sind.«

So etwas hätte ich ihn auch sagen lassen, wenn dieses Gespräch in einer meiner Geschichten stattfinden würde.

Von einer Sekunde auf die andere dämmert mir, was mir an diesem Sven nicht gefällt: dass er mir richtig gefährlich werden kann. Gefährlicher als alle Jungs zusammen, mit denen ich bis jetzt befreundet gewesen bin. Wenn ich nicht höllisch aufpasse, gerate ich in einen Strudel, der mein Leben total durcheinanderbringen könnte. Ich darf mich auf keinen Fall in Sven verlieben! Das kann ich mir einfach nicht antun. Und Michael natürlich erst recht nicht.

SMS an Michael:
Hab auch von dir geträumt. Verrücktes Zeug.
Liebe dich sehr! Und rufe dich gleich an.

»Bestell ihm einen schönen Gruß von mir«, murmelt Sven und erhebt sich von der Bank. »Ich fahre jetzt mit meinen Eltern nach Greetsiel, eine Tante besuchen. Sehen wir uns morgen?«

»Keine Ahnung. Tschau!«

»Tschüss!«

Er nimmt die Brille ab, zwinkert mir zu und setzt sie wieder auf. Dann steckt er die Hände in die Taschen und überquert die Straße. Als er verschwunden ist, marschiere ich mit großen Schritten in die nächste Telefonzelle.

Ist das heiß hier drin! Ich nehme den Hörer ab, stecke die Karte in den Schlitz und wähle Michaels Handynummer. Es tutet zweimal, ehe er sich meldet.

»Ich liebe dich!«, brülle ich.

»Warum schreist du denn so?«

»Ach, du Scheiße!«

»Was ist los?«

»Das Gespräch kostet schon einen Euro!«

»Echt? Warum rufst du überhaupt an?«

»Zwei Euro!«

»Zwei was?«

»Für so viel Geld in so kurzer Zeit hab ich noch nie telefoniert!«

»Ich bin ja auch in Marokko.«

»Ich weiß.«

»Gibt's denn irgendwas Besonderes?«

»Fünf Euro! Nicht zu fassen!«

»Muss ich eigentlich auch was bezahlen, wenn ich im Ausland angerufen werde?«

»Na klar!«

»Tschüss!«

Mutter

ist ein seltsames Wort. Mutter. Mutter. Meine Mutter. Mutter ist die Beste. Sie ist letzte Woche Mutter geworden. Ich frag mal meine Mutter. Mutter. Meine Mutter.

Meine Mutter ist kleiner als ich. Nur vier Zentimeter, aber das ist erst der Anfang. Ich werde noch größer. Mindestens eins achtzig. Lange Beine habe ich jetzt schon. Irgendwann werde ich *sehr* lange Beine haben. Und ich werde die Königsallee auf und ab stolzieren und mich über die Gaffer freuen und über mich selbst lachen, weil ich so begeistert von meinen eigenen Beinen sein werde. Ich sehe schon die Schuhe vor mir, die ich dabei tragen werde. Hochhackig, schwarz, spitz. Und sehr teuer.

Mutter trägt einen blauen Badeanzug und ich meinen weißen Bikini. Zum ersten Mal in diesen Ferien sind wir beide ganz allein unterwegs. Wir gehen am Wasser entlang, die Augen ständig auf unsere Füße gerichtet. Quallen, Seeigel, Muscheln, Bierdosen, Holzstücke, Tang – unser Spaziergang ist ein einziger Slalom. Mutter hat eine Schachtel Zigaretten und ihr Feuerzeug dabei und ich mein Handy.

»Ist doch wirklich wunderschön hier«, schwärmt Mutter und sieht hinaus aufs Meer. »Diese unendliche Weite! Und dieser frische Wind!«

»Dreht jemand gerade mit uns einen Werbespot für Urlaub in Ostfriesland? Gibt's hier irgendwo 'ne versteckte Kamera? Hier ist es total öde, Mutti!«

»Ich weiß«, gesteht sie seufzend. »Aber dein Vater wollte unbedingt wieder hierher.«

»Ach nee! Er meint, *du* wolltest unbedingt wieder nach Brödersbüll.«

»Wir beide wollten hierher«, gesteht Mutter. »Wir fanden es letztes Jahr ganz nett hier. Aber dieses Jahr ist alles anders.«

»In Brödersbüll?«

Nein, in uns – hätte ich meine Mutter sagen lassen, wenn wir in diesem Moment in meinem schwarzen Notizbuch und nicht am Meer gewesen wären.

Sie steckt sich eine Zigarette in den Mund und zündet sie an.

»Willst du auch eine?«

Ich schüttle den Kopf.

»Meine Mutter qualmt wie 'n Schlot. Ein Wunder, dass sie noch nicht an Lungenkrebs krepiert ist!«

»Wärst du traurig darüber?«

»Blöde Frage!«, knurrt sie und durchbohrt mich mit einem eisigen Blick. »Was läuft da eigentlich den ganzen Tag in deinem Hinterkopf ab?«

»Nichts Besonderes«, schwindle ich. »Hauptsächlich Geschichten. Manche davon schreibe ich auf. Die anderen werde ich später erleben. Vielleicht. Wenn ich Glück habe.«

»Und wenn du Pech hast?«

»Ach, dann komme ich auch irgendwie zurecht.«

»Irgendwie zurecht!«, wiederholt sie grimmig. »So wie ich, stimmt's?«

Ich gehe nicht darauf ein. Seit wir aufgebrochen sind, versucht Mutter immer wieder einen Streit mit mir anzufangen. Dadurch, dass ich mich nicht darauf einlasse, fühle ich mich ihr wahnsinnig überlegen. Nur: So *will* ich mich gar nicht fühlen! Es reicht, dass ich ein paar Zentimeter größer bin als sie. Ansonsten soll sie sich gefälligst anstrengen, mir wenigstens ebenbürtig zu sein. Sie ist nicht meine kleine Schwester, sondern meine Mutter!

Mutter …

»Mutter.«

»Ja?«

»Nichts. Ich wollte nur mal das Wort aussprechen.«

»Du und deine Wörter!« Sie schnippt die Zigarettenkippe ins Meer. »Ich bin heilfroh, dass ich drei Wochen lang nichts mit Wörtern zu tun habe.«

»Da gibt's einen kleinen Unterschied zwischen uns: Du bist Sekretärin.«

»Und du? Nobelpreisträgerin? Als ich so alt war wie du, habe ich mich auch für was Besonderes gehalten.«

»Und was ist dann passiert?«

»Mir gefällt nicht, wie du uns anstarrst«, regt sie sich plötzlich auf. »Ich meine deinen Vater und mich. Beim Frühstück. Im Strandkorb. Im Auto. Beim Einkaufen. Wie eine Richterin, die schon das Urteil über uns gefällt hat, obwohl noch niemand Anklage erhoben hat.«

Ich bin baff! Diesen letzten Satz hätte ich meiner Mutter niemals zugetraut. Ob sie ihn irgendwo gelesen hat? Aber außer in der BILD-Zeitung schmökert sie nur in Frauenmagazinen und Fernsehzeitschriften. Mit Büchern in der Hand habe ich sie nur gesehen, wenn sie mir früher Gutenachtgeschichten vorgelesen hat.

»So habe ich meine Mutter früher auch angestarrt«, fügt sie grinsend hinzu. »Die hatte allerdings tatsächlich jede Menge auf dem Kerbholz. Was haben wir denn verbrochen, hä? Ja, okay, wir verstehen dich nicht. Aber du strengst dich ja auch mächtig an, damit das so bleibt. Außerdem wird das mit dem Verstehen völlig überschätzt. Ich habe meine Mutter immer verstanden und genau deshalb habe ich sie so verachtet. Wir sind nicht auf der Welt, um andere Leute zu verstehen. Glaubst du, ich verstehe deinen Vater? Oder er mich? Glaubst du, wir legen Wert darauf, dass sich das ändert?«

Ich komme aus dem Staunen nicht mehr heraus. So hat meine Mutter noch nie mit mir gesprochen. Ob sie was getrunken hat? Sie ist keine Alkoholikerin. Aber manchmal trinkt sie zwei oder drei Gläser zu viel. Obwohl sie dann erheblich lockerer ist als sonst, kann ich sie nicht ausstehen, weil sie diese Lockerheit nur dem Alkohol in ihrem Blut zu verdanken hat.

Sie stößt mich mit dem Ellenbogen in die Seite. »Was ist? Hat's dir die Sprache verschlagen? Lass mal ein paar von deinen geliebten Wörtern hören!«

»Mir fallen keine ein.«

Ihr Lachen klingt reichlich bemüht. Sie legt einen Arm um mich und küsst mich auf die Wange.

»Wenn ich in deiner Klasse wäre, würde ich auf keinen Fall deine Freundin sein wollen. Es sei denn, ich wäre ein Junge.«

»Was soll denn das nun wieder heißen?«

»Ach, mein Schatz!« Sie streicht mir über die Haare. »Du wirst es noch sehr schwer haben im Leben. Auch wenn es jetzt nicht so aussieht, aber dein Vater und ich sind deine geringsten Probleme. Mit dir selbst wirst du sehr viel mehr zu kämpfen haben.«

Wo holt sie das alles her?, frage ich mich verblüfft. Hat sie an all diesen Bemerkungen jahrelang gefeilt, um sie mir bei diesem Spaziergang als gesammelte Werke zu präsentieren? Oder inspirieren sie die Sonne und die Luft und das Meer dazu, ganz anders mit mir zu reden als in den letzten fünfzehn Jahren?

»Nein, ich hab nichts getrunken«, erklärt sie kichernd, als könnte sie meine Gedanken lesen. »Das, was ich eben gesagt habe, wollte ich eigentlich niemals aussprechen. Oder erst dann, wenn bei der nächsten Krebsvorsorge ein Schatten auf meiner Lunge entdeckt wird.« Sie schüttelt den Kopf. »Blödsinn! Dann hätte ich erst recht nichts gesagt.«

Sie lässt mich los und zündet sich eine neue Zigarette an. »Eigentlich wollte ich ganz was anderes sagen. Was Peinliches. Aber du hasst ja alle Peinlichkeiten, stimmt's?«

»Stimmt. Aber ausnahmsweise darfst du trotzdem was Peinliches sagen.«

»Ich liebe dich.«

»Das war alles?«

Sie nickt. »Und? War das *sehr* peinlich?«

»Ja. Ich liebe dich auch.«

Aber diesen Sand hasse ich – vor allem den in meinen Augen. Was sollen die Leute denken, die uns entgegenkommen und sich über die Tränen wundern, die mir über die Wangen laufen? Jetzt hätte ich auch gern so eine riesige Sonnenbrille, die mein halbes Gesicht verdeckt.

»Sollen wir umkehren?«, schlägt Mutter vor, ohne den Blick vom Meer zu wenden.

»Von mir aus.«

Auf dem Rückweg unterhalten wir uns über Badeanzüge, Hautkrebs, Stenografie und Treibholz.

Meine

Mutter wirft alle paar Minuten einen besorgten Blick auf die einzige Wolke, die am strahlend blauen Himmel zu sehen ist.

»Die müssen wir im Auge behalten«, meint sie schon wieder. »Daraus kann sich ganz schnell ein furchtbares Unwetter entwickeln.«

Blödsinn!, hätte ich am liebsten gesagt, aber die Stimmung ist gerade so gut, dass ich meiner Mutter keinen Vorwand zum Streiten liefern möchte.

Zum ersten Mal in diesen Ferien sind wir beide ganz allein unterwegs. Wir spazieren am Wasser entlang, sie im blauen Badeanzug und ich in meinem weißen Bikini. Jeder Mann zwischen fünfzehn und fünfundachtzig, der uns über den Weg läuft, glotzt mich an. Kaum einer von ihnen mustert anschließend meine Mutter. Ist ihr das wirklich so gleichgültig, wie es scheint?

»Oh Gott!«, stöhnt sie plötzlich. »Ich hab meine Zigaretten vergessen!«

»Sollen wir umkehren?«

»Ja. Nein. Lass uns noch ein bisschen gehen, okay? Wer weiß, ob du bis zum Ende der Ferien noch einmal so viel Zeit für mich hast.«

»Was meinst du damit?«

»Nichts. Nur dass du deine Zeit am liebsten mit dir selbst verbringst. Ist doch so, oder?«

Ich zucke mit den Schultern. Bei meiner Mutter weiß man nie, was man sagen soll, um einen Streit zu vermeiden. Oder um einen zu provozieren. Manchmal regt sie sich über Sprüche auf, die völlig harmlos gemeint waren. Und manchmal lacht sie nur über ätzende Bemerkungen, die sie eigentlich tief verletzen sollten.

Meine Mutter ...

Ich stelle mir oft vor, wie sie mich aus ihrem Unterleib gepresst hat. Ich höre ihr heftiges Keuchen, ich sehe die Adern an ihrem Hals fast platzen vor Anstrengung. Was für eine ungeheure Kraft sie aufwenden musste, um mich nach diesen endlosen neun Monaten aus ihrem Körper zu vertreiben!

Meine Geburt taucht mindestens genauso häufig in meiner Fantasie auf wie mein Tod. Ich würde gerne was über ihn schreiben, aber alles, was ich bisher zu diesem Thema zu Papier gebracht habe, strotzte vor Klischees, war völlig witzlos und hatte kein richtiges Ende. Seltsam, dass ich keinen Schluss finde, wenn es um meinen eigenen Tod geht!

Drei Möwen haben sich um einen toten Fisch versammelt und zerrupfen ihn mit ihren spitzen Schnäbeln.

»Natur finde ich scheiße!«, brummt Mutter. »Vor allem im Fernsehen. Hast du mal gesehen, wie eine Antilope von einem Tiger zerrissen wird? Das ist nicht lustig!«

»Für den Tiger schon!«

Sie zieht eine Flappe. »Solche Sprüche sind typisch für dich. Fast alles, was du von dir gibst, sagst du nur, um uns zum Lachen zu bringen. Willst du in der Schule auch immer so komisch sein?«

»Ich *bin* komisch!«

»Ja, ich weiß. Das ist ja dein Problem.«

»Hä?«

Mutter stößt mich lachend in die Seite. »Lass uns bloß nicht so 'n blödes Mutter-Tochter-Gespräch führen. So wie Katharina mit Miriam. Die geht jetzt jeden zweiten Abend in ihr Zimmer und fragt Miriam: ›Wie war dein Tag? Gab es irgendein Problem?‹«

»Und was sagt Miriam dazu?«

»›Hau ab, Mutti!‹ – Katharina hat ein paar Ratgeber gelesen. Über Pubertät und so. Dabei steckt sie selbst noch ganz tief drin. Das sieht man ja an ihrer Haut.«

»Wieso? Katharina hat keine Akne, sondern Neurodermitis.«

»Mir egal, wie das heißt. Sieht jedenfalls total eklig aus. Wenn sie mir die Hand gibt, könnte ich kotzen.«

»Wie redest du über deine beste Freundin?«

»Katharina ist nicht meine beste Freundin«, widerspricht Mutter.

»Wer denn sonst?«

»Ich brauch 'ne Zigarette! Siehst du hier jemanden, der qualmt?«

Ich schaue mich nach allen Seiten um und schüttle den Kopf.

»Du solltest sowieso mit dem Rauchen aufhören.«

»Und du damit, mich wie deine Tochter zu behandeln. Tu uns einen Gefallen und fahr nächsten Sommer nicht mehr mit uns zusammen in Urlaub. Flieg mit Isabel nach Mallorca. Oder fahr zu Tante Agnes in den Schwarzwald. Wir gehen dir hier doch nur auf die Nerven, stimmt's? Ohne uns hättest du in den Sommerferien viel mehr Spaß. Und wir übrigens auch ohne dich«, fügt sie grimmig hinzu und marschiert dann schnurstracks auf einen großen, braun gebrannten Mann zu, der eine Zigarette im Mund und seinen Sohn an der Hand hat. Wie ein kleines Mädchen steht sie vor ihm, als sie ihn um eine Zigarette bittet: Die Finger hinterm Rücken ineinander verhakt, leicht tänzelnd, den Kopf in den Nacken geworfen, ein unschuldiges Lächeln im Gesicht. Der Mann greift in die Brusttasche seines karierten Hemdes, bietet ihr eine Zigarette an und gibt ihr Feuer. Sie bedankt sich mit einem Knicks und kehrt zu mir zurück. Er starrt das scheußliche Tattoo auf ihrer linken Wade an: eine lila Schlange, die einen grünen Adler erwürgt.

»Netter Typ!«, meint sie kichernd. »Ich hätte ihn um die ganze Schachtel und das Feuerzeug bitten sollen. Möchtest du auch mal ziehen?«

»Spinnst du?«

»Ja, aber nur im Urlaub.«

»Schön wär's!«

»Soll ich mir auch solche Ratgeber kaufen wie Katharina?«

»Nicht nötig! Wenn du Ratschläge brauchst, dann wende dich einfach an mich.«

Sie legt einen Arm um mich, küsst mich auf die Wange und sagt: »Eingebildetes Miststück!«

Es klingt irgendwie neidisch.

Liebe G!
Ich habe angefangen zu schreiben. Einen Roman. Über Dich und mich. Darin werde ich auch die Mails einbauen, die wir in den letzten drei Jahren gewechselt haben. Und unsere ganzen SMS. Deine hab ich natürlich alle notiert. Meine muss ich neu erfinden. Lass mich wissen, wie es mit diesem blonden Schönling weitergeht. Aber erzähl mir nur die Wahrheit, kapiert? Den Rest denke ich mir selbst aus. Gib meiner Fantasie doch auch mal 'ne Chance! Bitte!
Schöne Grüße von Mira! Hab ihr vorhin die Krallen gestutzt. Das mache ich bei Dir jetzt auch - im Roman!
Sorry, hab ab sofort keine Zeit mehr für Mails. Wundere Dich nicht, wenn Du nix mehr von mir hörst. Wirst auch ohne Lebenszeichen von mir nicht vor Langeweile sterben.
Dickes Bussi
von Deiner Kollegin
Isabel Birtenschneider

PS: Isabel Birtenschneider?!? Vielleicht sollte ich mir lieber ein Pseudonym zulegen!

Es regnet Bindfäden. Frau Siebel hat mir einen riesigen grünen Schirm mit der Aufschrift *Greenpeace* geliehen. Am Anfang mochte ich es nicht besonders, dieses fette Rotbäckchen, dem das Haus Ricarda gehört. Aber inzwischen habe ich mich an ihr Geschleime gewöhnt, das gar nicht böse gemeint ist. Und lieb natürlich erst recht nicht. Es ist einfach nur Frau Siebels professioneller Ton, den sie sich für den Umgang mit ihren Gästen angewöhnt hat, die ihr im Grunde ihres Herzens völlig gleichgültig sind.

»Suchen Sie etwas Bestimmtes?«, fragt die ältere Dame, die gerade ein paar Bücher ins Regal stellt. »Vielleicht kann ich Ihnen helfen.«

Vor jedem Menschen, der mich siezt, habe ich automatisch riesigen Respekt. Gleichzeitig würde ich ihm gerne vor Begeisterung um den Hals fallen. Wenn mich meine Eltern nicht mehr duzen würden, hätte ich garantiert einen besseren Draht zu ihnen.

Die Brödersbüller Stadtbücherei ist in einem Raum untergebracht, der nur etwas größer ist als unser Wohnzimmer. Außer der netten Dame und mir befinden sich noch zwei Urlauberinnen in grauenvoll bunten Blusen im Raum.

»Haben Sie Bücher von Thomas Bernhard?«, erkundige ich mich bei der Dame, deren Augenbrauen prompt in die Höhe wandern.

»Thomas Bernhard?«, wiederholt sie und schüttelt dann energisch den Kopf. »Bedauere! So etwas würde hier niemand ausleihen.«

»Ich schon.«

Sie lächelt. »Ich auch. Aber für so eine kleine Bücherei wäre es völlig sinnlos, seine Titel ins Regal zu stellen. Bei mir zu Hause habe ich einige Romane von ihm, aber die gebe ich natürlich nicht in fremde Hände. Das verstehen Sie doch wohl, oder?«

»Selbstverständlich«, erwidere ich mit einer leichten Verbeugung. »Vielen Dank für die Auskunft. Auf Wiedersehen!«

»Auf Wiedersehen!«, sagt die Dame und streckt mir überraschenderweise die rechte Hand entgegen. Nachdem ich sie geschüttelt habe, nicken wir einander noch einmal freundlich zu.

Draußen auf der Straße spanne ich den Schirm auf und setze mich mit beschwingten Schritten in Bewegung. Obwohl der Regen kräftiger geworden ist und ich kein Buch von Bernhard ergattern konnte, bin ich bester Laune. Ein Glück, dass es so wenig außergewöhnlich nette Menschen wie die ältere Dame in der Bibliothek gibt. Sonst wäre ich ständig so gut drauf, dass ich nicht mehr schreiben könnte.

Am Marktplatz entschließe ich mich zu einem Abstecher in die Kirche. Wo soll ich auch sonst hin bei diesem Wetter? Oben auf dem Deich würde mir der Sturm den Regenschirm aus den Händen reißen und bis nach Helgoland wehen.

»Wow! Toller Hintern!«, ruft plötzlich eine Stimme hinter mir, die ich nicht sofort erkenne.

Wütend fahre ich herum.

Sven!

Lachend holt mich der Blödmann ein. Sein weißer Schirm ist noch riesiger als meiner.

»Wo willst du hin?«, fragt er mich. »Du hast so einen unternehmungslustigen Gang. Hast du vielleicht was Besonderes vor?«

»Ja.«

Ich steuere auf den Eingang der Kirche zu. Sven spielt Kavalier. Er reißt die Tür für mich auf und lässt mir den Vortritt. Drinnen mache ich den Regenschirm zu, gehe nach vorn in die erste Reihe und überlege, ob ich mich hinknien und beten soll. Das habe ich schon öfter getan. Zuletzt auf einem Klassenausflug nach Aachen. Während die anderen gelangweilt durch den Dom spazierten, kniete ich mich hin, faltete die Hände, schloss die Augen und senkte den Kopf. Isabel hat mich dabei fotografiert. Auf keinem anderen Foto sehe ich besser aus.

Sven setzt sich neben mich.

»Na, wie war's gestern in Greetsiel?«, frage ich.

»Okay. Meine Tante hat ein mexikanisches Au-pair-

Mädchen für meine acht Monate alte Cousine. Conchita. Wir haben uns super amüsiert.«

»Womit? Hat sie dich gefüttert und gewickelt?«

»Genau! Die Windel trage ich immer noch. Hier, fühl mal!«

Er packt mich am Arm und will meine Hand auf seinen Hosenstall legen. Ich reiße mich los. Er kichert verlegen. Ich will irgendwas sagen, aber mir fehlen die Worte. So was Dreistes hab ich noch nie erlebt, obwohl ich schon mit einem Haufen Vollidioten zusammen war. Dabei ist Sven gar kein Idiot – im Gegenteil.

Eigentlich müsste ich ihn anbrüllen. Oder ihm eine Ohrfeige verpassen. Oder beides zugleich. Und dann müsste ich aufspringen, aus der Kirche eilen und diesen Widerling bis zum letzten Ferientag keines Blickes mehr würdigen. Doch was tue ich stattdessen? Ich fange ebenfalls an zu kichern, ohne dass ich mich dagegen wehren kann.

»Tut mir leid!«, entschuldigt sich Sven. »Die Hormone sind mit mir durchgegangen. Du weißt schon: Pubertät und so. Ich kann nichts dafür.«

»Hä? Du bist doch schon siebzehn!«

»Na und? Manche Leute müssen lebenslänglich darunter leiden. Sieh dir meinen Vater an! Der glotzt den ganzen Tag MTV, ist an den Brustwarzen gepierct und frisst jeden Tag den Müll von McDonald's.«

»Echt?«

Sven nickt. »Der Typ merkt gar nicht, wie peinlich er ist! Du solltest mal seine coolen Sprüche hören. Ohne ein Lexikon für Jugendsprache würdest du die überhaupt nicht verstehen. Na ja, wahrscheinlich hat er sie selbst aus dem Lexikon geklaut.«

Er will weiterquatschen, aber ich unterbreche ihn mit der Bemerkung: »Lenk nicht ab!«

»Wovon?«

»Von deinem Hosenstall. Was sollte der Scheiß eben?«

»Hab ich dir doch erklärt: Hormone, die verrücktspielen. Hey, du bist 'n Mädel! Und ich ein Junge.«

»Und das hier ist eine Kirche!«

»Na und? *Lasset die Kindlein zu mir kommen.* Huhu, Jesus! Wir sind da! Dürfen wir was ganz Kindisches machen? Zum Beispiel Kinder?«

»Sehr witzig!«

Jemand öffnet die Tür. Wir drehen uns gleichzeitig um. Ein jüngeres Paar mit zwei kleinen Jungs kommt herein, alle vier in gelbe Öljacken verpackt.

»Komm, wir tun so, als würden wir beten!«, schlägt Sven vor und kniet sich hin. »Dann hauen sie bestimmt schnell ab. Und wir haben wieder eine sturmfreie Kirche.«

Er faltet die Hände und schließt die Augen. Ich werfe einen Blick auf das Kreuz und breite entschuldigend die Arme aus.

Die beiden Kinder kommen näher und bleiben vor Sven stehen.

»Lasst den Mann in Ruhe!«, flüstert ihre Mutter. »Der möchte jetzt allein sein mit Gott.«

»Wer ist Gott?«, fragt der Kleinere der beiden.

»Na, wer wohl?«, zischt der Größere und zeigt auf seinen Vater. »Das da ist Gott!«

Liebe Isabel!

Du willst wissen, wie es mit Sven weitergeht? GAR NICHT!

Fünf Gründe, warum ich mich in ihn verliebt habe:

1. Er liest. Romane. Freiwillig.
2. Ich höre ihm gern zu, sogar dann, wenn er nicht über mich redet.
3. Er überrascht mich. Ab und zu wenigstens.
4. Sein Style ist geil. (Stimmt nicht ganz, reimt sich aber.)
5. Er tut nicht so mysteriös wie die anderen Jungs, die ständig irgendein großes, düsteres Geheimnis vor mir verbergen wollen, das sich am Ende als lächerlicher Kinderkram entpuppt.

Fünf Gründe, warum ich diese Liebe für mich

(und für Dich und Deinen Roman) behalten werde:

1. Weil er in Nürnberg wohnt.
2. Wegen Michael.
3. Weil er mir das Herz brechen könnte.
4. Wegen Michael.
5. Weil er mir den Arm brechen könnte (bei seinem nächsten Versuch, meine Hand auf seinen Hosenstall zu drücken).

Außerdem glaube ich, dass er schwul ist. Und dass er... dass er irgendwie - ach was, vergiss es. Genug jetzt von Sven! Es reicht, wenn ich mir von früh bis spät den Kopf über ihn zerbreche. Ich möchte nicht auch noch über ihn schreiben. Dafür sind meine Gefühle für ihn sowieso viel zu kompliziert. Okay, eben habe ich zwar behauptet, ich sei in ihn verliebt, aber was heißt das schon? Liebe ist sauschwer in Worte zu fassen. Zumindest die eigene Liebe. Nein, nicht die Eigenliebe, über die schreibe ich fast immer. Ich meine die eigene Liebe des Schreibers zu jemand anderem. Ich könnte meine Liebe zu Michael unmöglich beschreiben. Und die zu Sven erst recht nicht. Und wenn ich beide miteinander vergleichen müsste, würde ich wahrschein-

lich vor Verzweiflung meinen Kuli und mein Notizbuch anknabbern, so sehr würde ich um die richtigen Worte ringen.
Was macht Dein Roman? Muss ich ihn lesen, wenn er fertig ist? Hoffentlich hast Du Dir einen tollen Namen für mich ausgedacht. Wie wär's mit Conchita?
Michael hat sich seit zwei Tagen nicht gemeldet. Wahrscheinlich gibt's wieder technische Probleme in Marokko. Agadir. Klingt furchtbar weit weg. Dabei sind es nur 2300 Kilometer. Die Entfernung zwischen dem Hotel Deichgraf und dem Haus Ricarda ist viel größer. Nicht in Kilometern natürlich. Darum weiß Sven immer noch nicht, wo ich wohne. Und meine Eltern habe ich ihm auch noch nicht gezeigt, geschweige denn vorgestellt. Ehrlich gesagt, kennt er nicht mal meinen richtigen Namen. Falls Du Dich fragst, nach welchem Drehbuch die ganze Sache abläuft: natürlich nach meinem eigenen. Nach welchem sonst?
Viel »Spaß« beim Schreiben! Oder hätte ich die Anführungsstriche lieber um das letzte Wort setzen sollen?
Deine boshafte »Freundin«
G

Fünfundfünfzig

ist doch eigentlich gar kein Alter.

Fünfundfünfzig? Kein Grund zum Verzweifeln. Aber auch kein Grund zum Feiern.

Sie gießt sich noch einen Kognak ein und angelt sich die Fernbedienung. Im Fernsehen läuft nur Schrott. Insgeheim hofft sie, beim Zappen in einem der hundertdreißig Sender auf einen ihrer alten Filme zu stoßen. Gerade an einem Tag wie heute hätte sie nichts dagegen, sich selbst zu begegnen. Sich selbst ohne Falten und ohne diesen bitteren Zug um den Mund, den sie auch mit viel Übung vor dem Spiegel nicht aus ihrem Gesicht vertreiben kann. Natürlich besitzt sie alle ihre Filme auf Video, chronologisch geordnet im Bücherregal. Daneben steht der Goldene Bär, diese scheußliche Trophäe, die sie zehn Jahre lang in der Rumpelkammer aufbewahrt hat.

Blut und Jade …

Sie kann sich noch sehr gut an ihren größten Erfolg erinnern. Was für eine Katastrophe, mit achtundzwanzig auf dem Höhepunkt der Karriere gewesen zu sein.

Und was kam danach?

Mit einem Zug leert sie das Glas und schenkt sich ein neues ein. Was für ein mieses Klischee: *Einstmals berühmte Filmschauspielerin besäuft sich mutterseelenallein an ihrem Geburtstag.* Gut, dass kein Swimmingpool in der Nähe ist, sonst würde sie sich vielleicht nach der dritten Flasche in die Marilyn-Rolle hineinsteigern. Ein paar kleine Schlagzeilen würde ihr das sicher einbringen – so klein wie die Rollen, mit denen sie sich in den letzten Jahren hat durchschlagen müssen.

GUNDULA GEBHARD – EINSAMER TOD IN DER MANSARDENWOHNUNG.

Sie denkt an die Sterbeszene in *Blut und Jade*. Die Kritiker hatten sich überschlagen. Erschüttert und mit Tränen in den Augen waren die Zuschauer aus den Kinos gekommen. Noch heute, wenn der Film im Fernsehen läuft, wird die berühmte Sterbeszene mit Werbung unterbrochen, so mitreißend hatte sie damals für die Kamera ihr Leben ausgehaucht.

Der Kognak schmeckt ihr nicht, aber das würde sich ändern. Spätestens nach dem sechsten Glas. Schade, dass ihre Mutter nicht hier ist. Mit ihr zusammen würde das Saufen viel mehr Spaß machen. Aber sie könnte das Glas nicht mehr hochheben und an ihren Mund führen. Sie wüsste auch nicht, dass sie neben ihrer Tochter sitzt. Ihre Mutter ist schwer krank und kann schon seit Jahren nicht mehr das Bett verlassen, halb wahnsinnig, halb tot. Gundula darf nicht an sie denken, sonst dreht sie durch. Sie darf nicht daran denken, wie gemein sie zu ihr war, zu ihrer Mutter, die auch schon damals nichts als Mitleid verdient hätte. Damals, als sie fünfzehn war und der Rest der Welt für sie nur aus mehr oder weniger peinlichen Schwachköpfen bestand. Für die allerpeinlichsten hatte sie ihre Eltern gehalten. Ihren Vater mit den eingewachsenen Hemden und den bunten Zehennägeln. Oder umgekehrt. Und ihre Mutter. Ihre Mutter. Mutter. Das schönste Wort der Welt. Mutter. Noch schöner als Gott.

Sie schaltet auf MTV. Dort läuft das neue Video der Toten Hosen. Wie alt mochten die inzwischen sein? Ende siebzig? Campino hat immer noch blonde Haare, wenn auch nur noch ein halbes Dutzend davon. *Wir kotzen auf das Leichentuch* grölt die Rentnerband im Chor. Gundula hebt das Glas, prostet den Hosen zu und denkt an ihren toten Vater, den alten Punk, der unbedingt in seinen alten Doc-Martens-Tretern hatte beerdigt werden wollen. Ruhe in Frieden, Daddy. Amen. Gabba Gabba Hey!

Schwierig

zu beschreiben, dieses Wäldchen. Darum würde ich es in einer meiner Geschichten erst gar nicht auftauchen lassen.

Was ich hier will? Keine Ahnung. Heute habe ich auf nichts und niemanden Lust. Auch nicht auf Michael.

Und schon gar nicht auf Sven. Und erst recht nicht darauf, zu überlegen, warum ich heute keine Lust auf die beiden habe.

Hätten sich meine Eltern vorhin beim Frühstück nicht angebrüllt, wäre ich mit ihnen zum Strand gegangen und würde mich jetzt von der Sonne grillen lassen. Aber sie hatten einen furchtbaren Krach. Wegen dem Schinken, den mein Vater gestern gekauft hat. Meiner Mutter schmeckt er nicht. Mir auch nicht, aber ich habe mich trotzdem rausgehalten. Zwei gegen einen ist unfair – es sei denn, der eine ist meine Mutter.

Wie unheimlich still und düster es hier ist! Das Summen der Bienen und Hummeln klingt so gedämpft, als hätte ich Watte in den Ohren. Der reinste Märchenwald. Also der richtige Ort, um eine Querflöte zu begraben.

Genau hier liegt sie, unter dieser Kiefer. Ob die Maden und Würmer sie schon angeknabbert haben? Oder mögen die nur *echte* Leichen?

Wenn ich daran denke, wie viele Stunden meines Lebens ich mit Üben vertrödelt habe … Eigentlich sollte ich heilfroh über den Zufall sein, diesen alten Kassettenrekorder in der Ferienwohnung entdeckt zu haben. Doch stattdessen ärgere ich mich darüber. Was für eine blödsinnige Idee, mich selbst aufzunehmen! Schließlich lese ich ja auch nicht meine Notizbücher durch, sonst würde ich vermutlich sofort aufhören zu schreiben. Und würde mich eine Kamera drei Stunden lang begleiten und ich müsste mich anschließend selbst auf der Mattscheibe ertragen, dann wäre auch sicher meine Karriere als Schauspielerin vorbei, ehe ich sie richtig gestartet hätte.

»Nicht erschrecken!«

»Du Mistkerl!«, schreie ich und fahre herum. »Warum schleichst du dich dauernd an mich ran?«

»Sorry!« Sven nimmt die Sonnenbrille ab. »Soll nicht wieder vorkommen. Der weiche Boden hat meine Schritte verschluckt.«

»Schade, dass er *dich* nicht verschluckt hat! Hättest du nicht von Weitem rufen können?«

»Wollte ich ja. Aber du sahst so schrecklich traurig aus. Da wollte ich dich nicht stören. Ich stehe schon seit ein paar Minuten hinter dir. Ist alles okay?«

»Nein.«

»Hast du an deine Oma gedacht?«

»Quatsch!«

»Woran ist sie denn gestorben?«

»Sie hat sich umgebracht, weil ihr jemand zu viele neugierige Fragen gestellt hat.«

Ich drehe ihm den Rücken zu und gehe davon. Allerdings in einem Tempo, das Sven förmlich dazu einlädt, mir zu folgen.

Nach etwa zwanzig Metern hat er mich eingeholt.

Schweigend gehen wir nebeneinanderher. Kaum haben wir das Wäldchen verlassen, setzt er wieder die Sonnenbrille auf. Ich biege in einen Feldweg ein, der an einer Weide entlangführt. Eine Kuh hebt kurz den Kopf und frisst dann weiter. Die anderen Kühe liegen müde im Gras, umschwirrt von Millionen Fliegen. Die Pappeln rühren sich kein bisschen, so windstill ist es heute. Gnadenlos brennt die Sonne vom wolkenlosen Himmel. Ob sie schuld daran ist, dass ich alle Dinge um mich herum so sehe, wie sie tatsächlich sind? Hat meine Fantasie heute hitzefrei? Dann sollte ich mich schleunigst von Sven verabschieden, sonst erzähle ich ihm noch die Wahrheit, wenn er mich mit weiteren Fragen löchert.

Doch Sven bleibt stumm. Er hat die Arme über der Brust verschränkt und schaut zu Boden, während er so bedächtig einen Fuß vor den anderen setzt, als hätte er erst vorgestern das Gehen gelernt. Was ist los mit ihm? Will er irgendwas loswerden? Eine Liebeserklärung etwa? Wenn er wüsste, wie viele ich schon gehört habe, würde er bestimmt nicht so lange zögern, damit rauszurücken.

Aber vielleicht hat er ganz was anderes auf dem Herzen. Oder einfach nur seine Zunge verschluckt. Mir doch egal. Ich werde nicht versuchen, ihn zum Reden zu bringen. Das, was ich dann zu hören bekäme, könnte nämlich genau das sein, was ich gerne hören würde. Und dann hätte ich ein Riesenproblem. Mit Michael. Und natürlich auch mit Sven.

Ich bin keine Schlampe! Wäre es denn schlimm, eine Schlampe zu sein? Ist man überhaupt eine Schlampe, wenn man sich für vierzehn Tage einen Freund zulegt, obwohl man schon einen hat? Habe ich denn einen? Warum simst Michael seit drei Tagen nicht mehr?

Mein Handy liegt auf meinem Nachtschränkchen in der Ferienwohnung. Ausgeschaltet.

Plötzlich fängt Sven an zu reden. Nein, es ist *keine* Liebeserklärung. Jedenfalls nicht an mich.

»Meine Oma ist auch gestorben«, sagt er und lächelt dabei. »Ich hatte nur eine. Die andere war schon tot, als ich auf die Welt kam.«

»Hm.«

»Auf der Beerdigung musste mein Vater einen schwarzen Anzug tragen. Er hasst Anzüge! Das ist nur was für Erwachsene, meint er. Ich hab mir ein Foto von ihm im Anzug an die Wand geheftet. Zwischen Picasso und Brancusi.«

»Wieso?«

»Als Abschreckung. Seit er dort hängt, kommt er kaum noch in mein Zimmer. Kennst du Brancusi?«

»Wofür hältst du mich eigentlich?«, brumme ich, weil ich nicht weiß, ob ich mit Ja oder Nein antworten soll.

»Du kennst Brancusi? Echt?«

Ich stoße einen Seufzer aus.

»Mein Lieblingsbildhauer!«, schwärmt Sven. »Letztes Jahr bin ich zufällig in eine Ausstellung von ihm geraten. Hat mich total umgehauen! Danach habe ich sie mir noch zehn Mal angesehen.«

»Willst du mal Bildhauer werden?«

»Nein, Chirurg.«

»Das weißt du jetzt schon so genau?«

Er nickt. »Körper finde ich spannend.«

»Vor allem deinen eigenen. Darum wolltest du auch unbedingt, dass ich dich betatsche, stimmt's?«

Sein Kichern ist genauso dämlich wie gestern in der Kirche. »Deinen Körper finde ich noch viel spannender.«

»Soll das eine Einladung zu irgendwelchen Doktorspielchen sein?«

»Bist du noch Jungfrau?«

»Und du?«

»Die anderen Mädchen, die ich kenne, sind ganz anders als du.«

»Falls du mir damit schmeicheln wolltest, ist es dir gelungen. Genau wie den dreißig Typen vor dir, von denen ich dieses Geschleime zu hören bekam.«

Er verfällt wieder in Schweigen. Ich auch. Der Weg, den wir entlanggehen, ist schnurgerade und scheint endlos zu sein. Der Kirchturm von Brödersbüll entfernt sich immer weiter von uns. Ich habe höllischen Durst. Mir tun die Oberschenkel weh, weil ich gestern Abend am Strand entlanggejoggt bin, fast eine Stunde lang. Obwohl wir uns in Zeitlupe bewegen, schwitze ich wie verrückt. Warum schlage ich Sven trotzdem nicht vor umzukehren? Alles, was er sagt, passt irgendwie nicht zu ihm. Bildhauer, Ausstellung, Chirurg ... Wahrscheinlich ist er völlig verklemmt und gleichzeitig ein noch besserer Schauspieler als ich. Vielleicht soll mich sein Geschwätz nur zum Grübeln bringen, damit ich nicht mitkriege, wie er mir auf den Busen glotzt. Aber trotz seiner riesigen Sonnenbrille spüre ich ganz genau, wohin sich Svens Blicke immer wieder verirren. Zu meiner roten Caprihose trage ich mein weißes Bikinioberteil. Wenn ich damit über unseren Schulhof laufen würde, könnten einige Jungs anschließend mit ihren Augen Fußball spielen.

Ich versuche, nicht an Michael zu denken. Das klappt zeitweilig auch ganz gut. Vor allem dann, wenn ich von Sven abgelenkt werde. Zum Beispiel durch zwei Kaninchen, die über die Wiese hoppeln. Und durch einen Düsenjäger, der über uns hinwegdonnert.

»Kannst du dir vorstellen, mal von mir operiert zu werden?«, will Sven nach einer halben Ewigkeit von mir wissen.

»Ich kann mir *alles* vorstellen«, schwindle ich. In Wirklichkeit bin ich schon so oft an die Grenzen meiner Fantasie gestoßen, dass ich mir manchmal einbilde, gar keine richtige Fantasie zu haben.

»Ich hätte gern meine Oma seziert«, fährt Sven fort. »Sie ist an Krebs gestorben. Streukrebs. Also alles kaputt, laienhaft ausgedrückt. In den letzten drei Wochen durfte ich sie nicht besuchen. Mein Vater hatte Angst, ich könnte sie mit medizinischen Fragen nerven. Ich hab schon zwei Hamster und drei Tauben seziert.«

»Ohne zu kotzen?«

Er lacht. »Mein Magen hat keine Chance gegen meine Neugier.«

Wieder so ein Satz, der überhaupt nicht zu ihm passt. Offenbar hat er ihn irgendwo gelesen oder aufgeschnappt und sich behalten – für den Fall, dass er eines heißen Sommertages mit Tabea Sonnenschein durch Ostfriesland spaziert. Sonnenschein? Klingt nicht übel. Ist mir gerade eingefallen. *Tabea Sonnenschein* – wie dieser Name wohl auf einem Buchumschlag wirkt?

Wieder ein Düsenjäger. Nachdem er verschwunden ist, wird es sehr still. Wir gehen weiter und weiter. Was ist eigentlich Liebe? Das habe ich mich schon öfter gefragt in den letzten Tagen. Weder Michael noch Sven noch sonst jemand wird mir eine Antwort darauf geben. Vielleicht werde ich sie irgendwann in irgendeinem Buch lesen, in einem kleinen Nebensatz, der nur aus vier oder fünf Wörtern besteht. Sie wird mir gefallen, und ich werde sie mir merken und dabei ganz genau wissen, dass sie nichts mit mir zu tun hat. Und in einem anderen Buch werde ich eine andere Antwort finden, die mir noch besser gefallen und noch weniger mit mir zu tun haben wird. Aber wahrscheinlich ist das alles nur dummes Zeug, das da in meinem überhitzten Hinterkopf herumschwirrt, diese kitschige Frage und diese Antworten, die mich im Grunde sowieso nicht interessieren. Vielleicht wäre es klüger, die Hirngespinste zu vergessen und sich ausnahmsweise mal nur an das zu halten, was wirklich da ist. Ein Junge und ein Mädchen. Ein später Vormittag im Juli. Sonne. Flaches Land. Vierzehn Tage, in denen noch so viel passieren kann.

»Möchte mal wissen, wozu die NATO ständig diese Flugübungen macht«, sagt Sven und verscheucht eine Fliege von seinem linken Unterarm. »Wie heißt denn dein Freund?«

»Wie heißt denn deine Freundin? Oder bist du schwul?«

»Das hab ich mir tatsächlich schon mal eingebildet«, erwidert er in überraschend ernstem Ton. »Und vielleicht bin ich es sogar tatsächlich. Ich weiß selbst nicht so genau, wie ich das herausfinden kann.«

Jetzt kommt garantiert die Frage, ob er mich mal küssen darf, um zu testen, was er dabei empfindet.

Irrtum: Es kommt überhaupt nichts mehr. Kein Ton. Von mir auch nicht. Die Kühe fressen Gras. Der Himmel ist blau. Der Kirchturm von Brödersbüll verliert sich in der Ferne.

Mein

Vater holt eine Flasche Bier aus dem Kühlschrank und fragt mich, ob ich auch ein Glas möchte. Ich schüttle den Kopf. Bier mag ich nur in Isabels Zimmer, wenn wir abends auf dem Teppich sitzen, ihren riesigen Plüschteddy zwischen uns, um den wir beide einen Arm geschlungen haben, in das Kerzenlicht schauen, über Erlebnisse im Kindergarten oder aus der Grundschule plaudern und uns bei jedem Schluck Bier immer älter fühlen.

Später im Bett sind wir dann wieder fünf Jahre alt. Wir kuscheln uns ganz eng aneinander und lachen uns über die Geräusche kaputt, die unsere Bäuche machen.

Vater lässt sich neben mir am Esstisch nieder, öffnet die Bierflasche und trinkt einen Schluck. Dann zeigt er auf meinen Joghurtbecher und fragt: »Wie schmeckt der Joghurt?«

»Du musst nicht mit mir reden«, antworte ich mürrisch, worauf mir Vater einen gereizten Blick zuwirft und noch einen Schluck nimmt.

»Wie schmeckt der Joghurt?«, wiederholt er trotzig.

»Wie immer. Du weißt genau, dass ich so ein Blabla nicht ausstehen kann. Soll ich den Fernseher anmachen?«

»Nein.«

»Bist du sicher? Ich gehe gleich ins Bett.«

»Schon so früh?«, wundert er sich.

»Bin todmüde. War ziemlich anstrengend heute.«

»Was?«

»Alles.«

SMS von Michael:
hier bin ich wieder. war wieder 'ne störung im netz.
alles klar? liebe dich sehr. schlafe aber nicht mit dir.
habe nachgedacht. über uns. und mich.

»Von Michael?«, fragt Vater.

Ich nicke.

SMS an Michael:
Ich glaube dir kein Wort. Von wegen Störung!
Von wegen nachdenken! Du hast eine neue Freundin,
gib's zu!

»Wenn deine Mutter ein Handy hätte, würde ich ihr jetzt auch eine SMS schicken.«

»Wo steckt sie denn gerade?«

»Keine Ahnung.«

»Habt ihr euch gestritten?«

»Nein!«, beteuert Vater und stellt die Flasche auf den Tisch. »Nur das Übliche halt. Auf dem Weg vom Strand meinte sie dann plötzlich: Ich dreh noch 'ne Runde. Das ist jetzt vier Stunden her.«

»Na und?«

SMS von Michael:
spinnst du? ich hab keine andere! ich denke nur an dich. aber ich will nicht mit dir schlafen. dann ist alles aus. ich mache alles falsch.

»Wo könnte sie denn hin sein?«, fragt mich Vater. »Du kennst sie doch besser als ich.«

»Wie kommst du denn darauf?«

Er steht auf und geht zum Sofa, das etwa zwei Meter vom Tisch entfernt ist. Dieser winzige Raum dient zugleich als Wohnzimmer, Esszimmer und Küche. In diesem Sommer gibt es einige Dinge, über die ich mir nicht so recht im Klaren bin. Aber eins weiß ich ganz genau: Das ist mein letzter Urlaub in einer Ferienwohnung.

Vater angelt sich die Fernbedienung und schaltet

den Fernseher ein. MTV. Damit will er mich dazu bringen, ihm noch ein Weilchen Gesellschaft zu leisten.

SMS an Michael:
Natürlich wirst du alles falsch machen. Ich auch.
Darum will ich es ja mit dir machen. Einen Besserwisser
könnte ich dabei nicht ertragen.

Wie rührend das alles ist! Diese hässlichen, billigen Möbel, die mich an alte Filme aus den Siebzigerjahren erinnern. Die scheußlichen Vorhänge und Tapeten und der schäbige Teppichboden, auf dem ich niemals barfuß gehen würde. Das Häufchen Elend auf der Couch mit der fetten Wampe und den traurigen Augen, die so tun, als würden sie sich für das Geflimmer auf dem Bildschirm interessieren. Das Mädchen am Esstisch, das sich in seltsamer Abschiedsstimmung befindet wie schon so oft in den letzten Jahren. Der nervöse Junge in Marokko, der sich gerade verzweifelt vorstellt, was beim Sex mit diesem Mädchen alles schiefgehen könnte.

»Vielleicht hat sie jemanden kennengelernt«, versuche ich Vater zu ärgern. »Oder sie trifft sich mit diesem großen Typen, bei dem sie letztens am Strand eine Zigarette geschnorrt hat.«

Hat sie das wirklich? Oder ist das nur in einer meiner Geschichten passiert?

Vaters Reaktion ist eindeutig: Er schaltet um. Auf NTV. Das heißt, ich soll abhauen.

SMS von Michael:
ich bin nicht der richtige dafür. ich hab angst. nicht nur davor, sondern auch vor dir. du bist mir echt wichtig. ich will dich nicht verlieren.

SMS an Michael:
Du darfst alles falsch machen. Du kannst mich nicht verlieren. Ich gehöre dir nämlich gar nicht. Ich liebe dich!

SMS von Michael:
ich dich auch. ruf mich nicht mehr an. ist viel zu teuer. auch für mich. morgen fahren wir nach marrakesch. durch die wüste.

Der Joghurtbecher ist leer. Gähnend erhebe ich mich vom Tisch. Ich könnte Vater einen Kuss geben und ihm sagen, dass er sich keine Sorgen wegen Mutter machen soll. Ich könnte mich aber auch wortlos ins Bett verziehen. Auf einmal steigen mir Tränen in die Augen. Wieso? Weil ich mich dauernd für irgendwas entscheiden muss? Oder wegen Michael, dem ich eigentlich was von Sven erzählen wollte? Oder wegen meinen Eltern, die mir nicht mal halb so gleichgültig sind, wie ich mir gern einrede? Wütend gehe ich in mein Zimmer und knalle die Tür hinter mir zu.

Das Schönste an ihrem Beruf waren die Sommerferien. Ganze sechs Wochen ohne diese Pickelgesichter, ohne dummes Gekicher, ohne neunmalkluge Fragen, ohne zehnmalkluge Antworten, ohne billiges Make-up und abgekaute Fingernägel und lautes Gähnen und blöde Sprüche und das ganze Liebeskuddelmuddel, bei dem sogar – oder gerade – die Beteiligten selbst nicht mehr richtig durchblickten.

Sie trank einen Schluck Tee. Dabei schweifte ihr Blick über die Bücherwand. Sie war unschlüssig, welchen Band sie aus dem Regal nehmen sollte. Eigentlich war sie viel zu müde zum Lesen. Darum griff sie nach der Fernbedienung, zappte wahllos herum und blieb dann bei einem deutschen Film hängen, dessen Mangel an Qualität sie faszinierte.

Schwer zu sagen, was mieser war, die Schauspieler, die Dialoge oder die Ausstattung. Lächelnd musste sie daran denken, dass sie auch mal Schauspielerin werden wollte, damals, vor Ewigkeiten, als sie selbst noch zu dieser Horde ungestümer Fohlen gehörte, die sie nun Tag für Tag im Klassenzimmer zu bändigen versuchte.

Schauspielerin … In einer billigen Dekoration vor der Kamera stehen und peinliche Texte aufsagen. Oder auf irgendeiner Provinzbühne vor zweihundert Leuten mit einer witzlosen Komödie auftreten. Auf Rollenangebote warten. Zwischendurch als Kellnerin jobben. Oder in einem Baumarkt Regale auffüllen. Werbespots für Magerquark drehen. Drittklassige Actionfilme synchronisieren.

Hätte sie diesen Traum nicht früh genug beerdigt, dann hätte er ihr Leben in einen Albtraum verwandelt. Deutschlehrerin war ein schöner Job. War mehr als ein Job. Sie blieb mit Büchern zusammen. Und ein wenig mit sich selbst. Mit dem Teil von sich selbst, den sie am spannendsten fand. Mit sich selbst als Mädchen.

Das Telefon klingelte.

»Guten Abend, Frau Schumann. Hier ist Jana.«

»Jana? Bist du nicht gerade irgendwo in den Bergen?«

»Ja, in der Schweiz. Grindelwald. Sehr schön hier.«

»Wirklich?«

»Jedenfalls sagen das alle hier von früh bis spät.«

»Und was sagst du?«

»Sehr schön hier. Aber nicht wegen den Bergen.«

»Sondern?«

Jana lachte verlegen. »Wer ist Brancusi?«

»Wieso?«

»Kennen Sie Brancusi?«

»Wie heißt er?«

»Jonas. Aus München. Ist ganz anders als die anderen Jungs. Aber das behaupte ich ja von jedem Typen, nachdem ich mehr als zehn Sätze mit ihm gewechselt habe.«

Wieder lachte Jana, aber diesmal ganz anders. Frau Schumann sah ihr selbstironisches Grinsen vor sich. Jana war was Besonderes. Fand zumindest Jana selbst. Und Frau Schumann fand das manchmal auch, vor allem wenn sie die Geschichten las, die Jana schrieb. Das Erstaunlichste an den Geschichten war, dass Frau Schumann die Einzige war, die sie lesen durfte. Ansonsten waren sie nicht sonderlich beeindruckend. Jana schrieb einfach alles auf, was in ihrer Fantasie herumspukte. Ab und zu gelang ihr ein Satz, der Frau Schumann verblüffte. Und ganz selten entdeckte sie einen Satz, der sie ganz enorm verblüffte. Davon sagte sie Jana aber kein Wort. Die wollte sowieso nicht über ihre Geschichten reden. Es genügte ihr, zu wissen, dass alles, was sie schrieb, zumindest von einem Menschen gelesen wurde. Dass sie ausgerechnet ihre Deutschlehrerin dafür ausgesucht hatte, empfand Frau Schumann zunehmend als eine Last, was sie sich jedoch Jana gegenüber niemals würde anmerken lassen.

»Brancusi war ein Bildhauer«, erklärte sie, worauf Jana sie ungeduldig unterbrach: »Das hab ich mir auch schon gedacht. Aber wissen Sie sonst nichts über ihn?«

»Nein, tut mir leid.«

»Na toll!« Jana war enttäuscht. »Ich dachte, Sie wüssten alles.«

»Das dachte ich früher auch.«

»Hä?«

»Wie sieht er denn aus, dieser Jonas?«

»Ganz gut.«

»So gut wie Ludwig?«

»Der ist gerade in Tunesien.«

»Ich verstehe.«

»Nein, das verstehen Sie nicht!« Jana klang richtig patzig. Am liebsten hätte Frau Schumann einfach aufgelegt. Was fiel der Göre eigentlich ein, sie auch noch in den Ferien mit ihren Launen zu nerven?

»Schreibst du was darüber?«, fragte sie.

»Worüber?«

»Über Jonas und Ludwig und Grindelwald und Brancusi.«

Tuuuuuuuuuut. Jana hatte aufgelegt. Oder war ihre Karte leer? Egal. Frau Schumann hatte keine Lust, sich den Kopf über eine ihrer Schülerinnen zu zerbrechen. Nicht am Abend. Und schon gar nicht in den Sommerferien.

Sie trank noch einen Schluck Tee und überlegte dabei, ob sie ihre alten Notizbücher hervorkramen und ein bisschen darin lesen sollte. Aber sie hatte Angst. Nein, nicht davor, dass die Geschichten nichts taugten. Sie hatte Angst, dass sie das, was sie vor über zwanzig Jahren geschrieben hatte, richtig gut finden könnte. Möglich, dass sie dann doch nicht mehr so sehr damit zufrieden gewesen wäre, Deutschlehrerin geworden zu sein.

Sie stand auf, ging zur Bücherwand und nahm einen Roman von Thomas Bernhard aus dem Regal. Beim Rumblättern sah sie statt der Buchstaben das Gesicht von Sven vor sich. Nicht das von heute, sondern das schmächtige, braun gebrannte, halb von der riesigen Sonnenbrille verdeckte Gesicht von damals. Sie lächelte leise vor sich hin, hörte aber sofort damit auf, als Sven im Bademantel und mit nassen Haaren aus der Dusche kam und brummte: »War das wieder diese Jana? Ich möchte mal wissen, warum du dich auch noch in deiner Freizeit mit dieser eingebildeten Ziege abgibst!«

»Weil es mir Spaß macht«, schwindelte sie, stellte das Buch zurück ins Regal, verschwand aus dem Wohnzimmer und ging hinunter in den Keller. Nachdem sie die völlig verstaubte Umzugskiste mit den schwarzen Notizbüchern gefunden hatte, musste sie nur noch entscheiden, ob sie ihre Geschichten zerreißen oder verbrennen sollte. Am besten beides hintereinander. Mit grimmiger Miene machte sie sich an die Arbeit, die sie schon längst hätte erledigen sollen.

Liebe Isabel!

Na, wie weit bist Du schon mit dem Roman? Anscheinend arbeitest Du fleißig daran, weil ich keine Mail mehr von Dir bekomme. Oder hast Du mich endlich aus Deinem Leben gestrichen, wie Du mir schon mindestens zwanzigmal versprochen hast?

Ich sollte Dich doch auf dem Laufenden halten, was meine Liebe zu Sven betrifft. Also passiert ist eigentlich gar nichts. Heute Morgen haben wir uns unten am Wasser getroffen und eine Sandburg gebaut. Mit den Händen. War ganz schön anstrengend. Allerdings nicht halb so anstrengend wie unser Spaziergang gestern. Fünf Stunden waren wir unterwegs. Auf einem Feldweg. Einfach geradeaus und irgendwann wieder zurück. Fünf seltsame Stunden. Wir haben geredet und nicht geredet. Das war alles. Großes Ehrenwort! Und auf dem Rückweg musste ich die ganze Zeit an Michael denken.

Vergiss alles, was ich Dir über ihn gesagt

habe. Es stimmt gar nicht. Ich hab ihn völlig unterschätzt. Erst jetzt dämmert mir allmählich, warum ich ihn liebe. Gestern Abend im Bett habe ich was total Albernes getan. Ich habe versucht, mich noch einmal an alle Stunden zu erinnern, die ich mit Michael verbracht habe. Weißt Du, was das Beste an ihm ist? Sein Schweigen. Die Fragen, die er nicht stellt. Das Geplapper, das er sich verkneift und mit dem mich andere in den Wahnsinn treiben können. Auf dem Spaziergang mit Sven habe ich zum ersten Mal richtig gespürt, wie sehr ich Schweigen mag. Auch mein eigenes. VOR ALLEM mein eigenes. Michael kann mindestens genauso gut schweigen wie Sven. Mist, jetzt habe ich die beiden miteinander verglichen! Wird nicht wieder vorkommen. Michael ist Michael. Sven ist Sven. Düsseldorf ist Düsseldorf. Brödersbüll ist Brödersbüll. Agadir ist Agadir. Verstehst Du?
Michael fährt heute nach Marrakesch. Durch die Wüste. Anscheinend ist dort kein Empfang, sonst hätte er gesimst. Gestern bekam ich ein paar ganz süße SMS von ihm. Nein, nicht von ihm. Von einem anderen Michael. Den liebe ich noch mehr als seinen Vorgän-

ger. Darum will ich auch unbedingt mit ihm schlafen. Aber er will nicht. Noch nicht. Schade, dass Du nicht hier bist. Sven wäre genau Dein Typ. Er winkt mir gerade zu. Von der Bank auf dem Marktplatz, wo er auf mich wartet. Ich soll Dir einen schönen Gruß von ihm bestellen. Ja, zugegeben: Ich hab ihm von Dir erzählt. Natürlich nur Lügen, um Dich interessanter zu machen. Das war doch okay so, oder? In dem Roman über mich steht doch garantiert auch nichts Wahres. Sonst würde ihn niemand lesen wollen.

Kannst Du mir nicht wenigstens eine ganz kurze Mail schicken? Drei oder vier Zeilen? Deine beste Freundin braucht ein Lebenszeichen von Dir! Ob Du es glaubst oder nicht: Ich vermisse Dich. Ein bisschen. Ein bisschen viel. Vielleicht rufe ich Dich mal an. Du redest doch noch mit mir, oder? Schmatz! Schmatz! Der zweite Kuss war für die Katz! Wie geht's ihm denn, Deinem Möchtegernkiller?

Bye

G

hasste es, wenn jemand, der für sie gestorben war, unbedingt von den Toten auferstehen wollte, indem er sie noch einmal belästigte. Was fiel dem blöden, schönen Bäcker eigentlich ein, aus heiterem Himmel in ihrer Ferienwohnung aufzukreuzen?

»Besuch für dich!«, verkündete ihre Mutter grinsend, nachdem sie, ohne anzuklopfen, Tabeas Tür aufgerissen hatte.

»Hi!«, sagte Ansgar, der zögernd hereinkam. »Wie geht's?«

»Ach, du Scheiße!«, fluchte Tabea, klappte ihr schwarzes Notizbuch zu und sprang vom Bett. »Was willst du denn hier?«

Ehe er darauf antworten konnte, sagte ihre Mutter: »Wir gehen jetzt essen. Du willst lieber hierbleiben, oder?«

»Vielleicht komme ich später nach«, erwiderte Tabea.

Ihre Mutter nickte ihr vielsagend zu und schloss die Tür hinter sich.

Ansgar stand wie angewurzelt mitten im Zimmer, die Hände in den Hosentaschen vergraben, und starrte auf das Bild mit der alten Frau auf dem Deich.

»Was soll das, du Spinner?«, fauchte Tabea. »Du kannst doch nicht einfach bei mir reinschneien.«

Ansgar wollte etwas sagen, doch Tabea legte den Zeigefinger auf ihre Lippen.

»Warte!«, flüsterte sie. »Meine Eltern hauen gleich ab!«

Gemeinsam lauschten sie auf die Geräusche im Wohnzimmer. Nachdem der Fernseher verstummt war, wurden noch ein paar Worte gemurmelt, die Tabea zu gern verstanden hätte. Schließlich fiel die Wohnungstür ins Schloss.

»Also, was willst du hier?«, fing Tabea wieder an.

Dich!

Wenn er das gesagt hätte, wäre Tabea ihm vielleicht um den Hals gefallen und hätte ihn geküsst. Aber der Bäcker trat von einem Fuß auf den anderen, räusperte sich ausgiebig und schaute sich im Zimmer um. Sein Blick fiel auf das Bett. Und dann auf Tabea. Sie trug ein rotes T-Shirt, das hoffentlich lang genug war, um ihren schwarzen Slip zu verbergen. Ansonsten trug sie nichts. Sie hatte ihre Haare hochgesteckt. Eine Strähne fiel ihr immer wieder über das linke Auge. Dauernd streifte sie sie hinter ihr linkes Ohr. Es war die einzige nervöse Geste, zu der sie sich hinreißen ließ. Ansonsten wollte sie cool bleiben, um ihm deutlich zu zeigen, dass er keine Chance bei ihr hatte.

»Warum kommst du morgens nicht mehr in den Laden?«, fragte er. »Ich hab dich seit drei Tagen nicht mehr gesehen. Schmecken euch meine Brötchen nicht mehr?«

»Wir kaufen jetzt lieber Croissants. Zum Aufbacken in der Mikrowelle.«

»Igitt!« Er schüttelte sich. »Mit so was würde ich nicht mal meinen Hamster füttern.«

»Du hast einen Hamster?«

Er nickte. »Hieronymus.«

»Ich habe ein Meerschweinchen.«

»Echt?«

Sie nickte.

Die beiden lächelten sich an. Und lächelten immer weiter. Tabea hatte Angst vor dem, was dem Lächeln folgen könnte, darum hörte sie nicht damit auf. Warum sagte er nichts? Warum holte er die Hände aus den Taschen? Warum dachte sie an den Krimi, den sie gestern gesehen hatte? An den Mörder mit den Wurstfingern, der eine reiche Witwe erwürgt hatte?

Plötzlich schoben sich die Wände zusammen. Der kleine Raum wurde enger und enger. Tabeas Kehle auch. Sie bekam kaum noch Luft. Ihr wurde schwindlig. Was machte dieser fremde Mann in ihrem Zimmer? Kam er tatsächlich auf sie zu? Wohin war sein Lächeln verschwunden? Warum wehrte sie sich nicht gegen seine Umarmung? Woher wusste er, dass das, was er wollte, dasselbe war wie das, was sie wollte?

Wollte sie es überhaupt? Oder wollte sie nur, dass sie es wollte?

Hinterher wollte sie nur eins: dass er so schnell wie möglich verschwand. Aus ihrem Zimmer. Aus ihrem Leben. Aus ihrer Nase. Dieses Aftershave hatte ihr Vater auch mal benutzt.

Sie hatte sich alles viel peinlicher vorgestellt. Und schmerzhafter. Er hatte ihr nicht wehgetan. Sie hatte zwar etwas anderes erwartet, aber sie war nicht enttäuscht. Nur leer. Leider nicht so leer, wie sie es gern hätte sein wollen.

Als er weg war, nahm sie das Bild mit der alten Frau auf dem Deich von der Wand und wollte es in ihren Koffer legen. Doch ihr Blick blieb auf dem Körper der Frau haften, diesem menschlichen Fragezeichen, das sich gegen den Sturm krümmte. Tausende von Gedanken rasten ihr durch den Kopf – ganz neue, außergewöhnliche, ihr völlig fremde, mit nichts vergleichbar, was sie in den fünfzehn Jahren zuvor gedacht hatte. Dass sie sich nicht mal des winzigsten Teils dieser Gedanken würde entsinnen können, würde sie bestimmt als schmerzlichste Erinnerung an jenen Abend in ihrem Gedächtnis behalten.

Ob

er überhaupt schon aufgestanden ist? Egal, dann wecke ich ihn halt!

»Ja?«, meldet sich eine verschlafene Stimme.

»Ich bin's!«

»Wer?«

»Erkennst du meine Stimme nicht, du Trottel?«

Mit einem Schlag ist Michael hellwach. »Bist du übergeschnappt? So ein Anruf ist doch viel zu teuer!«

»Na und? Ich wollte unbedingt deine Stimme hören.«

»Wieso?«

»Rate mal!«

»Ich bin auch froh, dich zu hören.«

»Wie war's in Marrakesch?«

»Hab ich dir doch gestern Abend gesimst.«

»Ich hab nichts bekommen.«

»Echt nicht? Scheißnetz! Scheißhandy!«

»Reg dich ab! Ich will über ganz was anderes mit dir reden.«

»Hm.«

»Du weißt genau, was ich meine.«

»Hmhm.«

»Das erste Mal.«

»Ja, ich weiß.«

Pause.

»Du brauchst keine Angst zu haben.«

»Hab ich aber«, murmelt er.

»Ich auch. Aber ich finde, wir sollten die Sache nicht so ernst nehmen. Es gibt Wichtigeres.«

»Was denn?«

»Keine Ahnung. Mir fällt jetzt nichts ein.«

»Mir auch nicht.«

»Ist das ein lahmes Gespräch!«, stöhne ich.

»Dann leg doch auf!«

»Mach ich auch gleich. Liebst du mich noch?«

»Na klar!«

»Ich dich auch!«

»Echt?«

»Natürlich. Okay, ich leg jetzt auf.«

»Ja, okay.«

»Wir quatschen nur blödes Zeug.«

»Finde ich gar nicht.«

»Schick mir mal wieder eine SMS.«

»Du mir auch.«

»Tschau!«

»Tschau!«

Ich hänge den Hörer an die Gabel, ziehe die Karte aus dem Schlitz und öffne die Tür. Der Wind peitscht mir die Haare ums Gesicht. So stürmisch wie heute war es noch nie. Die Fischerboote und die Jachten im kleinen Hafenbecken tanzen auf den Wellen. Graue Wolken bedecken den Himmel. Ein ungemütlicher

Tag. Genau das richtige Wetter, um in meinem Zimmer zu sitzen und zu schreiben.

SMS von Michael:
du warst ganz komisch am telefon. was ist los?
willst du schluss machen?

SMS an Michael:
Ich bin immer komisch. Ich dachte, das magst du an mir. Du hast dich eben angehört wie ein Fremder. Das bist du zwar auch, aber das solltest du mich nicht zu oft spüren lassen.

SMS von Michael:
fremd? ich? musst du gerade sagen! du möchtest immer verhindern, dass dich jemand versteht.

SMS an Michael:
Hä?

SMS von Michael:
ich will unbedingt mit dir schlafen. ich werde es nicht so wichtig nehmen. ich werde keine angst haben.

SMS an Michael:
Dann such dir eine andere Jungfrau!

Es macht keinen Spaß, gegen den Sturm anzukämpfen. Aber wo soll ich hin? In die Bücherei zu der netten alten Dame, die mich gesiezt hat? In die Kirche? Im Haus der Kurverwaltung war ich heute schon. Keine Mail von Isabel. Ich hätte Lust, sie anzurufen, möchte aber die restlichen Einheiten auf der Telefonkarte für mein nächstes Gespräch mit Michael sparen. Gespräch ist gut! Wir haben nur ein paar belanglose Sätze gewechselt. Wie immer.

Als ich vorhin seine fremde Stimme hörte, musste ich an unseren ersten Kuss denken. In Kaiserswerth, in der alten Burgruine am Rhein. Michael hielt mir einen Vortrag über Kaiser Barbarossa. Ich hörte ihm nicht zu, sondern starrte so unverwandt auf seine Lippen, dass er sich ständig verhaspelte. Schließlich wusste er nicht mehr, was er sagen sollte. Völlig hilflos stand er vor mir, zupfte an seinem Hemdkragen herum und wurde ganz blass.

Erst eine Woche zuvor hatte ich entdeckt, dass ich in ihn verliebt war. Auf dem Schulhof in der ersten großen Pause. Seit Jahren kannten wir uns schon vom Sehen, hatten aber kaum ein Wort miteinander gewechselt. In jener Pause trabte er zusammen mit einem anderen Typen an Isabel und mir vorbei. Sein Kumpel, einer der ganz besonders witzlosen Sprücheklopfer auf unserer Schule, grinste mich im Vorbeigehen an und rief: »Na, Gabi, du Schlampe?«

Vor Wut ballte ich die Fäuste! Niemand durfte mich so nennen – mit einer einzigen Ausnahme! Die ganze Schule wusste, dass ich stinksauer werden konnte, wenn ich meinen bescheuerten Vornamen hörte.

»Sag das nicht noch mal!«, warnte ich das Großmaul, das daraufhin stehen blieb und in übertrieben lautes Gelächter ausbrach. Sein Freund Michael blieb ebenfalls stehen. Er lachte nicht. Er verzog auch sonst keine Miene. Er kaute auf seinem Brötchen herum und sah mich an. Diese Augen! So ruhig und gelassen hatte mich noch kein Junge gemustert. Eigentlich mochte ich keine stillen Typen. Das heißt, bis zu dieser Pause war mir noch kein Typ über den Weg gelaufen, bei dem es mich nicht störte, dass er so still war. Bei Michael war halt alles anders. Das erkannte ich auf den ersten Blick.

In der nächsten Pause quatschte ich ihn einfach an. Ich fragte ihn nach seiner Meinung über unseren Hausmeister. Er mochte ihn nicht. Niemand mag ihn. Deshalb dient der Hausmeister stets als ideales Gesprächsthema, wenn man jemanden kennenlernen will. Und dafür mag ich ihn beinahe schon wieder.

Michael hatte keine Ahnung von Mädchen, wie ich nach wenigen Minuten feststellte. Er hatte erst eine einzige Freundin gehabt, und das auch nur für zwei Wochen. Jedenfalls behauptete er das. Ich glaubte ihm. Anderen Jungs glaube ich nicht mal die Uhrzeit, doch Michael sagt immer die Wahrheit. Das macht ihn ja so langweilig.

Inzwischen habe ich seine Langeweile zu schätzen gelernt. Meine vielen Exfreunde – die meisten davon total aufgekratzt und hektisch und chaotisch – ödeten mich nur deshalb in kürzester Zeit an, weil sie sich so schnell wiederholten. Diese Gefahr ist bei jemandem, der kaum den Mund aufmacht, natürlich eher gering.

Nach unserem ersten Kuss in der Burgruine in Kaiserswerth war er richtig geschockt. Ich hatte ihn einfach in die Arme genommen und meine Lippen auf seine gepresst und meiner Zunge freien Lauf gelassen. Die kann ich sowieso nicht im Zaum halten. So wie Michael an diesem sonnigen Nachmittag hatte ich noch nie einen Jungen geküsst. Noch nie hatte ich einen Kuss dazu benutzen müssen, einen Widerstand zu brechen. Wogegen wehrt er sich bloß?, dachte ich halb genervt und halb beleidigt, während ich seine Zunge mit meiner zum Leben zu erwecken versuchte. Und auch das war neu bei diesem Kuss: Ich dachte. Normalerweise kann ich beim Küssen und beim Schmusen mein Hirn komplett abschalten. Das gelingt mir sonst nur beim Schlafen, und das auch nur in traumlosen Nächten.

SMS von Michael:
jungfrau! wie sich das anhört! jetzt hab ich noch mehr angst.

SMS an Michael:
Okay, es war alles gelogen! Ich bin schon lange keine Jungfrau mehr. Rate mal, wer mich entjungfert hat.

SMS von Michael:
simon? benedikt? marcel? patrick? paolo? kai? reinhard? tim? norbert? aygün? stefan? christopher?

SMS an Michael:
Erraten!

Sie

mochte Victorias Augen nicht mehr. Früher waren sie himmelblau gewesen. Jetzt waren sie nur noch blau. An den Himmel dachte sie schon lange nicht mehr, wenn sie von Victoria gemustert wurde. Manchmal fühlte sie sich wie aufgespießt von den scharfen Blicken ihrer Tochter. Ja, okay, fünfzehn war ein schwieriges Alter. Aber war das Leben mit Victoria jemals leicht gewesen?

Ihre Jacht ankerte im Hafen von Ostende, direkt gegenüber dem Straßencafé, in dem sie mit Victoria und ihrem Mann saß und sich mal wieder fragte, warum sie nicht einfach aufstand und abhaute, so wie ihre Mutter damals an der Nordsee, in Brödersbüll, dem winzigen Ferienort am Wattenmeer, in dem Victorias Großmutter das Weite gesucht hatte.

Ihr Mann hatte sich hinter seiner Zeitung verschanzt. Hatte es wirklich eine Zeit gegeben, in der sie sein Schweigen geliebt hatte? Wie dämlich sie damals gewesen sein musste! Jetzt fand sie es nur noch zum Kotzen, dass er sich nie einmischte. Dass sie ganz alleine den Kleinkrieg gegen ihre Tochter führen musste. Früher war das wenige, was er sagte, wenigstens etwas Besonderes gewesen. Inzwischen ließ er nur belangloses Zeug hören, wenn er den Mund aufmachte.

Sie schaute hinüber zur *Tabea*. In einer Stunde würden sie ablegen und zum nächsten Hafen aufbrechen. Noch drei endlose Wochen lang würde sie mit den beiden unterwegs sein, eingesperrt auf der engen Jacht, wo man kein bisschen Freiheit für sich selbst hatte.

»Schmeckt ekelhaft, der Kakao!«, zischte Victoria und knallte ihre Tasse auf den Tisch. »Bei diesen Scheißholländern schmeckt alles ekelhaft.«

»Wir sind in Belgien«, belehrte sie ihre Tochter.

»Ist doch alles dasselbe! Scheißbelgier!«

»Victoria!«

Was für ein bescheuerter Name! Nur weil sie selbst so einen alltäglichen Namen trug, hatte sie für ihre Tochter einen ungewöhnlichen ausgesucht. Dabei war absolut nichts Ungewöhnliches an Victoria. Sie war rotzfrech, unordentlich, schlampig, dumm und interessierte sich für absolut gar nichts, nicht mal für sich selbst. Ihr Leben bestand darin, die Zeit totzuschlagen, egal, mit was. Warum saß sie trotzdem auf so einem hohen Ross? Woher nahm sie das Recht für ihre höhnischen Bemerkungen und ihre spöttischen Kommentare? Wenn die wenigstens witzig gewesen wären! Aber Victoria konnte nur boshaft sein. Und störrisch wie ein Esel.

»Warum verschleppt ihr mich in so ein Scheißkaff?«, maulte sie und fuhr sich dabei durch ihre ungekämmte, blonde Lockenmähne.

»Hast du dir schon die Zähne geputzt?«, fragte ihre Mutter.

»Ja. Vorgestern.«

Zwei Matrosen, die gerade am Café vorübergingen, glotzten Victoria mit großen Augen an. Sie streckte ihnen die Zunge raus, worauf einer von ihnen ihr etwas auf Französisch zurief.

»Halt die Schnauze, du Arsch!«, brüllte Victoria zurück.

Lachend bogen die Matrosen um die nächste Ecke.

»Du bist unmöglich!«, fauchte ihre Mutter. »Überall muss man sich für dich schämen.«

»Ich bin scheißmüde!«, erwiderte Victoria gähnend und stand auf. »Gute Nacht!«

Mit schlurfenden Schritten und hängenden Schultern verschwand sie auf die Jacht. Ihre Mutter sah ihr kopfschüttelnd hinterher.

»Was die sich einbildet! Sieht aus wie eine Hexe, behandelt den Rest der Welt wie ein Stück Dreck, kann sich nicht benehmen und bringt uns nur deshalb nicht um, weil ihr dann niemand die T-Shirts wäscht und die Miete zahlt. Miststück!«

Ihr Mann sagte kein Wort. Das ertrug sie zwei Minuten lang. Drei. Vier. Dann riss sie ihm die Zeitung aus der Hand.

»Hör mir gefälligst zu, wenn ich mit dir rede, verdammt noch mal!«

»Ich höre dir immer zu«, behauptete er gelangweilt.

»Aber du sagst nichts dazu. Findest du es normal, dass sich unsere Tochter wie der letzte Kotzbrocken benimmt?«

»Victoria vermisst ihren Freund.«

»Was? Sie hat einen Freund? Blödsinn! Sie interessiert sich nicht für Jungs.«

Ein mitleidiges Lächeln huschte über sein Gesicht.

»Hast du 'ne Ahnung! Weißt du, wie sie in der Schule genannt wird? Ficktoria!«

»Wer hat dir das erzählt?«

»Sie selbst.«

»Aha.«

Sie tat so, als wäre sie nicht enttäuscht. Mit gleichgültiger Miene griff sie nach ihrer Kaffeetasse und trank einen Schluck. Hoffentlich fiel ihm nicht auf, dass ihre Hände zitterten.

»Das sind meine letzten Ferien auf dem Schiff«, verkündete sie kurz darauf, als er sich wieder hinter seiner Zeitung verschanzt hatte. »Wir verkaufen die *Tabea*. Wir hätten uns die Jacht niemals zulegen sollen.«

Er sagte kein Wort.

»An so einem schönen Tag im Juli ist meine Mutter verschwunden. ›Ich dreh noch 'ne Runde.‹ Das waren die letzten Worte, die mein Vater von ihr gehört hat. Sie hat sich nie mehr bei uns gemeldet. Und wir haben nie nach ihr gesucht. War das richtig von uns?«

Er grunzte irgendwas. Sie hatte ihn mal geliebt. Sie hatte viele Fehler gemacht in ihrem Leben. *Tabea*. Der Name erinnerte sie an einen Fehler, der gar keiner gewesen war, wie sich später herausstellen sollte. *Tabea Sonnenschein*. Plötzlich musste sie so laut lachen, dass sie von allen Leuten im Café angestarrt wurde. Sogar von ihrem Mann.

Ich

bin zu weit gegangen. Jetzt kann ich nicht mehr zurück. Ich wollte schauspielern. Jetzt *muss* ich schauspielern. Ändert das irgendwas? Ich spiele nicht mit offenen Karten. Das wäre für mich kein Spiel.

»Und deine Mutter?«, fragt Sven und nippt an seiner Cola. »Kommst du gut mit ihr klar?«

Ich zucke die Schultern. »Sie ist meine Mutter. Ich hab sie mir nicht ausgesucht.«

»Was macht sie denn so?«

»Nichts. Geld ausgeben. Für Klamotten und Schuhe und Schmuck. Sie hat Philosophie studiert und ein Buch geschrieben. Über das Sterben. Interessierst du dich für Philosophie?«

»Ein bisschen. Was hat sie denn gesagt, als deine Oma gestorben ist?«

Ich muss grinsen. »Warum sollte sie was anderes sagen als alle anderen, nur weil sie eine Universität von innen gesehen hat? Außerdem mochte meine Oma sie nicht. Oma konnte niemanden leiden, der nicht so war wie sie.«

»Wie war sie denn so?«

»Schwierig. Komisch. Hart. Sie konnte einem richtig wehtun.«

»Sie mochte keine Leute, die ihr nicht wehtaten?«

»Zumindest keine, die sich nicht trauten, es wenigstens zu versuchen.«

»Ich muss mal.«

Er steht auf und geht. Wir sind im Eiscafé. Draußen gießt es in Strömen. Getroffen haben wir uns vor einer halben Stunde in der Kirche, mehr oder weniger zufällig. Natürlich wusste Sven genau, dass ich früher oder später aufkreuzen würde. Was sollte ich auch sonst machen an einem verregneten Nachmittag in Brödersbüll? Zu viel Schreiben kann schaden, nicht nur dem Handgelenk.

In der Kirche saß Sven in der letzten Bank und hat gelesen. Wieder Thomas Bernhard. Schade, dass das Buch in seiner Jeans steckt. Sonst hätte ich es jetzt geklaut und wäre abgehauen.

Die Kellnerin geht mit einem vollen Tablett an unserem Tisch vorbei und lächelt mir zu. Sie hat lange, rote Haare, dunkle Augen und ist flach wie ein Brett. Sven hat vorhin beim Bestellen ein paar italienische Brocken fallen gelassen. Grinsend wies sie darauf hin, dass sie aus Bulgarien kommt.

Nein, dieser Nachmittag mit Sven ist nicht mal halb so magisch wie unser Spaziergang durch die Wiesen. Wenn mir Sven dabei dieselben Fragen gestellt hätte wie jetzt, hätte er ganz andere Antworten darauf bekommen. Vielleicht sogar ein paar wahre. Allein die Hitze hätte schon dafür gesorgt, dass meine Fantasie nicht mit mir durchgeht. Aber hier im Café gibt es absolut nichts, was mich stoppen könnte, im Gegenteil.

Alles um mich herum regt mich auf: das Kindergeschrei am Nebentisch, mein viel zu großer Erdbeerbecher, der schwarzhaarige Schönling hinter der Theke, der ständig gegen meinen Willen meine Blicke auf sich zieht, und sogar Sven, der mir noch keine einzige coole, lässige Geste vorgeführt hat. Seit wir uns an dem kleinen, runden, klebrigen Tisch gegenübersitzen, hat er sich wieder in den uninteressanten Typen mit dem Schafsgesicht verwandelt, als der er mir am ersten Tag am Strand erschienen ist. Was er von mir wissen will, ist nicht sonderlich einfallsreich. Dabei finde ich es schon nervig genug, dass er überhaupt was von mir wissen will. Mein Vater, meine Mutter, meine Oma, die Schule, meine Freundin – wetten, dass er sich gleich nach den Milben auf meinem Kopfkissen erkundigt?

»Schmeckt dir der Erdbeerbecher nicht?«, fragt die Kellnerin, die kurz neben mir stehen bleibt.

»Doch, aber er ist viel zu mächtig.«

Sie winkt ab. »Ein kleines Vogelchen würde das in null Komma nix verputzen.«

»Es heißt Vögelchen«, verbessere ich sie.

»Und wie sagt man, wenn sich jemand für schlauer wie andere Leute hält? Besserwisserin?«

»Es heißt schlauer *als* und nicht schlauer *wie*.«

Sie lächelt mir wieder zu, genauso freundlich wie zuvor, und geht zur Theke.

Sven kommt zurück.

»Wofür brauchtest du eigentlich die fünfundzwanzig Euro von mir?«

»Für eine Telefonkarte«, antworte ich. »Um jemanden in Afrika anzurufen.«

»Deinen Freund?«

»Genau!«

Er greift nach seinem Colaglas und betrachtet es. Wahrscheinlich überlegt er, ob es klug wäre, weiter über Michael zu reden. Ich will auch nichts darüber wissen, ob er in seinem anderen Leben eine Freundin hat. Das hier ist Brödersbüll. Das hier sind die Sommerferien. Ich mag Sven. Er mag mich auch. Die Hälfte der drei Wochen ist bereits um. Und was ist passiert? Isabel braucht Stoff für ihren Roman. Ich brauche Michael, aber der ist in Agadir. Sven und mich trennt nur ein Tisch. Warum stellt der Idiot nicht sein Colaglas hin und greift nach meinen Händen? Er hat schöne Nägel. Und ganz lange Finger. Wenn sie mich berühren würden, dann würde ich die Augen schließen. Nur ein paar Sekunden lang. Um seine erste Berührung richtig zu genießen. Alles, was später kommt, ist nur noch Wiederholung.

Er trinkt sein Glas aus und stellt es auf den Untersetzer.

»Lässt du mich mal was lesen von dem Zeug, das du da dauernd schreibst?«

»Das ist kein Zeug!«

»Sondern?«

Ich schiebe mir einen Löffel Eis in den Mund. Vanille. Einer meiner ersten Freunde futterte von früh bis spät Vanilleeis. Jens? Achim? Vergessen.

Sven lässt nicht locker. »Schreibst du so, wie du redest?«

»Wie rede ich denn?«

»Anders.« Er wirft einen Blick auf die Uhr. »Ich muss jetzt los.«

»Wohin?«

»Gleich läuft 'ne Sendung über Brancusi. Kommst du mit? Ich hab ein Einzelzimmer.«

»Ziemlich plump.«

Er runzelt die Stirn. »Was meinst du damit?«

»Mit Brancusi wollte mich noch niemand abschleppen. Warum sagst du mir nicht einfach, dass du mir an die Wäsche willst? Dann würde ich vielleicht mitkommen.«

»Tschüss!«

Er ist alles zugleich: überrascht, wütend, verunsichert. Oder fühlt er sich nur ertappt? Mit linkischen Bewegungen erhebt er sich vom Stuhl, zwängt sich durch eine Großfamilie, die gerade hereingekommen ist, reißt die Tür auf und verschwindet.

Es wäre völlig falsch, ihm zu folgen. Aber hätte ich nicht unheimlich viel verpasst, wenn ich immer das Richtige getan hätte?

Der Schönling hinter der Theke zwinkert mir zu. Ich zwinkere zurück. Die Kellnerin lacht. Es hat aufgehört zu regnen. Mein Handy ist ausgeschaltet. In neun Tagen sehe ich Michael wieder. Neun Tage können endlos sein. Eine Stunde kann endlos sein. Kommt ganz drauf an, womit man sie verbringt.

Hi Jens!

Erinnerst Du Dich noch an mich? G. Schumann? Das Mädchen, mit dem Du mal fast eine Woche lang zusammen warst und das Du nie mit ihrem Vornamen nennen durftest? Du hast immer »Süße« zu mir gesagt. Das fand ich ganz süß – bis ich zufällig mitbekam, dass das auch Dein Vater zu Deiner Mutter sagt. Aber das war nicht der Grund dafür, dass ich mit Dir Schluss gemacht habe. Glaube ich zumindest. Ehrlich gesagt, kann ich mich nicht mehr an den Grund erinnern. An Dich auch nicht. Aber seltsamerweise habe ich Deine E-Mail-Adresse nicht vergessen. Genau darum schreibe ich Dir. Mir fällt im Moment nämlich sonst niemand ein, dem ich schreiben könnte.

Ich hab vorhin Vanilleeis gegessen und

daran gedacht, dass Du damals süchtig warst nach dem Zeug. Falls ich Dich nicht mit Achim verwechsle. Kennst du Achim noch? Er war Dein Nachfolger, wenn ich mich nicht täusche. Irgendwie tauchen alle meine Exfreunde nur ganz verschwommen in meinem Gedächtnis auf. Wahrscheinlich liegt das an meinem jetzigen Freund, meine ganz große Liebe... Verglichen mit ihm seid Ihr alle ein Haufen Müll! Sind nach mir eigentlich noch mehr Mädchen auf Deine idiotischen Sprüche und Dein debiles Grinsen reingefallen? (Falls Du den Ausdruck DEBIL nicht kennst, dann wirf einen Blick ins Lexikon. Oder in den Spiegel.)
Da ich weiß, wie sehr Du Dich über diese Mail freuen würdest, werde ich sie jetzt löschen statt sie Dir zu schicken. Wenn ich mit jemandem Schluss mache, ist für mich wirklich Schluss.
G

Vater

steht unter der Dusche. Mutter sitzt mit einem Buch in der einen und einer Zigarette in der anderen Hand auf dem Sofa und liest.

»Wo hast du das Buch her?«, frage ich Mutter erstaunt.

»Aus der Bücherei. Eine sehr nette ältere Dame hat es mir empfohlen. Es geht um einen Indianerstamm am Amazonas, der gegen eine geheimnisvolle Seuche kämpft.«

»Aha.«

»Sehr spannend!«

»Aha.«

Sie zieht an der Zigarette, drückt sie im Aschenbecher aus und liest dann weiter. Ich schaue ihr eine Weile dabei zu. Im Schneidersitz hockt sie da und streicht sich dauernd eine widerspenstige Haarsträhne aus dem Gesicht.

Plötzlich hebt sie den Kopf. »Ist was?«

»Nein, wieso?«

»Du siehst gut aus, weißt du das?«

»Ja, ich weiß!«

»Wer war der Junge im Eiscafé?«

Scheiße!

»Irgendein Junge«, antworte ich. »Warst du etwa auch im Café?«

»Nein, ich bin draußen vorbeigegangen und hab

euch gesehen. Ich hab dir sogar gewunken. Aber du warst gerade zu sehr in Fahrt, um mich zu bemerken.«

»In Fahrt?«

»Worüber habt ihr euch denn unterhalten?«

»Kein Streit!«, mischt sich in diesem Moment mein Vater ein, der in Mutters rosa Bademantel aus der Dusche kommt. »Wir sind im Urlaub!«

»Aber zum Glück nicht mehr lange«, knurre ich.

»Wir haben uns nicht gestritten«, erklärt Mutter. »*Noch* nicht. Du bist ein paar Sekunden zu früh gekommen.«

»Genau wie beim Sex«, sage ich grinsend, worauf die beiden drauflosprusten. Lachend lässt sich Vater neben Mutter aufs Sofa fallen. Sie legt das Buch weg, schlingt ihre Arme um seinen Hals und küsst ihn auf die Backe. Er küsst sie auf den Mund. Seine rechte Hand verschwindet in ihren Haaren. Und ich in mein Zimmer.

Ich lasse mich aufs Bett fallen, hole das Handy aus der Jeans und schalte es ein. Drei neue Nachrichten von Michael:

1. SMS:
werde hier von morgens bis abends angebettelt.
unglaublich! traue mich kaum noch aus dem hotel.
die anderen urlauber ignorieren die bettler.

2. SMS:
das kann ich nicht. hab ihnen schon jede menge kohle gegeben. wenn ich nix dabeihabe, rede ich mit ihnen. die meisten können deutsch. sind in unserem alter.

3. SMS:
ein junge hat mich gebeten, ihm alte klamotten aus deutschland zu schicken. mach ich auch. hab seine adresse. hast du alte sachen, die du nicht mehr brauchst?

Na super! Drei SMS und kein einziges Wort von Liebe! Bettler gibt's auch in Düsseldorf und um die hat sich Michael garantiert noch nie gekümmert. Aber im Urlaub ist ja alles anders.

SMS an Michael:
Ja, ich hab alte Sachen, die ich nicht mehr brauche! Zum Beispiel einen Freund, der mir nicht mehr simst, dass er mich liebt.

SMS von Michael:
ich liebe dich! liebst du mich auch? willst du noch mit mir schlafen? hast du alte klamotten, die ich nach marokko schicken könnte?

SMS an Michael:

Ja!

Der

letzte Tag im Leben von Oma Friederike war ganz anders, als ich ihn mir immer vorgestellt hatte. Sie hatte eine schlimme Krankheit, irgendwas mit dem Magen, aber keinen Krebs. Vom Tod redete sie zwar öfter mit mir, aber das hatte sie auch schon getan, als ich noch im Kindergarten gewesen war.

Oma schluckte jede Menge Pillen und musste auf ihre Ernährung achten. In ihrer Küche hing eine Liste mit Speisen und Getränken, die sie lieber meiden sollte. Anscheinend warf Oma Friederike jedoch nur dann einen Blick auf diese Liste, wenn sie nicht wusste, was sie als Nächstes essen oder trinken sollte.

Sie hatte mich von der Schule abgeholt und fragte mich, ob ich Hunger hätte. Ich schüttelte den Kopf.

»Ich auch nicht«, meinte sie. »Wir können ja später in der Altstadt eine Pizza futtern. Was hältst du von einer Runde durch den Hofgarten? Oder ist deine Schultasche zu schwer?«

»Du kannst sie mir ja abnehmen«, scherzte ich, worauf Oma giftig konterte: »Dir nehme ich gar nichts ab, Gabi!«

Sie war das einzige Wesen in unserem Sonnensystem, das mich so nennen durfte. Jahrelang hatte ich sie angefleht, sich einen Spitznamen für mich auszudenken, egal, welchen: Kühlschrank, Ekel, Diddl, Lala – mir egal. Sie hatte jedes Mal abgelehnt.

»So ein Schwachsinn!«, hatte sie sich immer aufgeregt. »Du heißt, wie du heißt. Namen sind völlig unwichtig. Gabi klingt nicht besser oder schlechter als Rosemarie oder Jennifer. Du musst dich nur dran gewöhnen, Gabi!«

»Hör auf damit!«

»Gabi! Gabi! Gabi! Gabi!«

Auf dem Weg in den Hofgarten erzählte mir Oma Friederike von einem älteren Paar, das sie gestern in der Straßenbahn beobachtet hatte.

»Die meisten Paare wirken ja so, als würden sie überhaupt nicht zusammenpassen«, meinte sie. »Aber diese beiden schienen wie füreinander geschaffen. Er war genauso bescheuert wie sie. Sie unterhielten sich über seine Hausschuhe, zehn Minuten lang. Über Hausschuhe! Mein Gott, bin ich froh, dass mich Oswald vor zehn Jahren verlassen hat! Wetten, dass der heute auch nur noch so einen Käse reden würde? Aber das hat er ja eigentlich auch damals schon getan.«

»Moment mal! Er hat dich verlassen? Ich dachte, es war umgekehrt. Letztens hast du mir noch ganz was anderes erzählt.«

Oma lächelte. »Und morgen erzähle ich dir wieder was anderes, einverstanden? Oder wäre es dir lieber, wenn wir uns über Hausschuhe unterhalten würden?«

Inzwischen waren wir im Hofgarten angekommen. Oma atmete ganz tief durch.

»Riechst du die Frühlingsluft?«

Ich schnupperte. »Nein, ich rieche nur den Mief von dem total verdreckten See.«

»Ich auch. Aber im Mai stinkt er noch schlimmer als sonst. Genau das meinte ich mit Frühlingsluft. Ekelhaft! Aber warum rieche ich das überhaupt noch? Eigentlich müsste ich schon längst daran gewöhnt sein.«

Und genau das waren ihre letzten Worte. Denn nachdem sie noch einmal ganz tief durchgeatmet hatte, fiel sie um und war tot. Gehirnschlag. Ich weiß nicht mehr, wie lang es dauerte, bis der Krankenwagen kam. In dem Moment, in dem sie umkippte, schaltete sich mein Gehirn völlig aus. Und alles andere auch. Erst Stunden später wurde mir allmählich klar, was eigentlich passiert war.

Oma Friederike. Tot. Im Hofgarten. An einem ganz normalen Nachmittag im Mai. Der Tod hatte sie reingelegt. Jahrelang. Statt im Magen hatte er im Hirn gelauert. Bis zu diesem Spaziergang mit mir. Bis zu diesem letzten, tiefen Atemzug.

Eigentlich müsste ich schon längst daran gewöhnt sein.

Auf der Beerdigung zog ich den roten Minirock an, den sie mir zum fünfzehnten Geburtstag geschenkt hatte.

Mit

Niklas wäre es fast passiert. Vor einem halben Jahr. Wir waren schon vier Tage zusammen, aber wir verstanden uns immer noch super. Er hatte genauso kurze und blonde Haare wie Sven, doch statt für Romane und Bildhauerei interessierte er sich für japanische Comics, japanisches Essen, japanische Popmusik und Japan im Allgemeinen. Manchmal gab er seltsame Laute von sich und behauptete, das sei Japanisch. Dabei konnte er nicht mal richtig Deutsch. Ich sollte ihm Nachhilfe geben, aber wenn wir uns trafen, hatte ich auf was ganz anderes Lust: auf ihn.

Niklas hatte eine wunderbar weiche Haut, einen drahtigen Körper und noch kein bisschen Bartwuchs. Er wusste genau, was er wann mit seinen Fingern und seiner Zunge machen und wann er was lieber bleiben lassen sollte. Sobald er mich berührte, fing mein ganzer Körper irgendwie an zu summen. Stundenlang lagen wir auf dem Bett und schmusten. Es fiel mir so unheimlich schwer, die Kontrolle über mich zu behalten, dass ich deshalb mit ihm Schluss machen wollte. Weil er das nicht kapiert hätte, hätte ich mir natürlich einen anderen Grund ausgedacht.

Eines Nachmittags, ausgerechnet am Rosenmontag, drehten wir plötzlich völlig durch. Ohne ein einziges Wort darüber zu verlieren, waren wir uns von einer Sekunde zur andern klar darüber, dass wir zusammen schlafen wollten. Richtig. Hier und jetzt.

Doch im entscheidenden Augenblick machte Niklas einen Fehler. Er streifte sich ein Kondom über, auf das ein bunter Clown gedruckt war, und rief: »Helau!« Dann fing er an zu kichern, während mir vor Wut die Tränen in die Augen stiegen. So ein Vollidiot! Hatte er im Ernst gedacht, ich würde mich von einem Clown entjungfern lassen?

Als ich wortlos vom Bett sprang und in meine Klamotten stieg, verging ihm das Lachen.

»Was ist denn los?«

»Gar nichts mehr!«, zischte ich. »Du kannst deinen Clown zwischen die Heizung stecken.«

Und damit rauschte ich hinaus. Wie blöd von mir! Hätten wir an diesem Nachmittag richtig zusammen geschlafen, wäre mir jede Menge Grübelei erspart geblieben. Zum Beispiel darüber, welcher Junge am besten für diesen schwierigen Job geeignet wäre. Und ob es sehr wehtun würde. Und was für dämliche Sprüche ich mir davor oder danach würde anhören müssen. Und ob ich nicht lieber als alte Jungfer sterben sollte. Ich hätte es einfach mit Niklas tun sollen und fertig!

Der Clown geisterte noch Monate später durch meine Träume. In einem davon schminkte er sich ab, um mir sein wahres Gesicht zu zeigen. Es war mein eigenes.

Liebe Isabel!

Was für ein wunderschöner Nachmittag mit Sven! Soll ich Dir verraten, was heute passiert ist? Nichts. Außer dass er seinen Kopf auf meinen Bauch gelegt hat. Etwa drei Minuten lang. Er war nackt. Nein, nicht Sven, sondern mein Bauch. Ich hatte meinen weißen Bikini an. Und Sven eine rote Badehose, die mir immer, wenn ich mal zufällig einen Blick draufwarf, reichlich eng vorkam. Sind beim Lesen des Wortes ZUFÄLLIG Deine Mundwinkel nach oben geschnellt? Dann lass sie bitte wieder sinken. Das hier ist eine ernsthafte Mail. Hier wird nicht rum-

gealbert und gekichert. Es geht um Liebe. Ja, ich liebe ihn, verdammter Mist! So viel Spaß wie in den letzten vier Stunden hatte ich noch nie mit einem Jungen. Ich weiß, das habe ich schon mindestens achtundzwanzig Mal behauptet. Aber es hat auch jedes Mal gestimmt.
Sven war heute superwitzig drauf. Er erzählte mir von den Jungs und Mädels in seiner Klasse. Einige davon machte er nach. Ich lag am Boden vor Lachen. Nein, im Sand. Wir waren nämlich den ganzen Nachmittag am Strand. Oder besser gesagt, in den Dünen. Die darf man zwar nicht betreten, aber an Verbote halte ich mich nicht mal, wenn ich sie selbst erlassen habe.
Ich musste ihm dann auch was von unserer Klasse erzählen. Keine Angst, ich hab Dich nicht erwähnt. Und die anderen auch nicht. Wozu bin ich denn Schauspielerin? Ich hab Leute imitiert, die es gar nicht gibt. Sven kam aus dem Wiehern nicht mehr heraus.
Wir haben aber auch über ernste Sachen gesprochen. Und auch über sie geschwiegen. Das mache ich in dieser Mail auch. Du musst nicht alles über mich wissen. Schließlich willst Du ja was über mich schreiben. Bist

Du denn immer noch nicht mit dem ersten Kapitel fertig? Ich möchte es endlich lesen! Aber ich will nicht von Sven ablenken. Das kann ich auch gar nicht. Die ganze Zeit muss ich an ihn denken, sogar beim Simsen mit Michael, den ich inzwischen noch mehr liebe als je zuvor. Das verstehst Du sicher nicht. Er bestimmt auch nicht. Darum wäre es völlig sinnlos, es ihm erklären zu wollen. Nichts hat sich geändert. Er sehnt sich nach mir und ich mich nach ihm. Und außerdem ist da noch Sven. Noch eine Woche lang.
Seine kurzen Haare haben mich gekitzelt, als er mit dem Kopf auf meinem Bauch lag, aber ich habe keinen Mucks von mir gegeben. Es war einfach zu schön. Ich dachte, der Kopf wäre nur der Anfang. Irrtum. Seine Hände blieben im Sand vergraben. Das Einzige, was sich in diesen drei Minuten bewegte, war seine Badehose. BLÖDSINN! DAS WAR NUR EIN GAG! Ich hatte die Augen geschlossen und wartete darauf, dass noch mehr passierte. Ob er spürt, dass ich einen Freund habe? Warum spürt er dann nicht auch, dass mir das nicht so wichtig ist, wenn ich mit ihm zusammen bin? Ich würde ihn so gerne küssen! Warum kann unser Leben nicht aus

kleinen Abschnitten bestehen, die nichts miteinander zu tun haben? Warum gibt es ein Vorher und ein Nachher? Oder gibt es das nur dann nicht, wenn man eine Schlampe ist? Vielleicht sollte ich mal Tamara fragen.
Mit meinen Eltern ist alles okay. In den letzten Tagen hatten sie richtig Spaß zusammen. In den Nächten auch. Die Wände sind sehr dünn. Da nützt es auch nichts, den Kopf unterm Kissen zu vergraben. Ich hätte meinen Discman mitnehmen und mir das Stöhnen von Madonna anhören sollen. Mein Vater klingt wie ein Tier. Meine Mutter höre ich kaum. Alles geht wahnsinnig schnell. Kurz und schmerzlos. Das erste Mal mit Michael wird wohl eher das Gegenteil davon sein.
Vielleicht sollte ich diese Mail lieber nicht abschicken. So offen wie in diesen Zeilen bin ich selten zu Dir gewesen. Weißt Du das überhaupt zu schätzen? Okay, ich schicke es ab - als »Entschuldigung« für meinen »Anfall« im Hofgarten. Und als Tausch gegen Dein erstes Kapitel, das Du mir hoffentlich bald schickst.
Schreib schön! Schlaf schön! Träum schön!
Deine schöne Freundin
G

ihre eigene Zukunft genauso klar und überschaubar vor ihr liegen würde wie das flache Land ringsherum, hätte sie keine Lust auf diese Zukunft.

Der Feldweg, den sie nun schon seit einer Stunde entlanggehen, führt immer geradeaus. Ab und zu sagt der Junge neben ihr einen Satz, auf den sie dann mit einer kurzen Bemerkung reagiert. Oder auch nur mit einer Kopfbewegung. Was er sagt, ist völlig unwichtig. Seine Stimme klingt rauer als sonst. Das kann an der Hitze liegen. Ihre Kehle ist so ausgetrocknet, als würde sie seit drei Wochen durch die Wüste wandern. Die Kühe, die im Schatten unter den Bäumen vor sich hin dösen, heben kurz den Kopf, wenn sie an ihnen vorüberkommen. Wenn sie könnten, würden sie sich wahrscheinlich über die beiden einsamen Spaziergänger wundern. Aber sie sind nur Fleischbrocken, Lieferanten von Leber, Nieren, Frikadellen und Hamburgern.

»Magst du Frikadellen?«, fragt sie den Jungen.

»Wieso?«, fragt er zurück.

Nein, er weiß nicht, woran sie denkt. Und im Grunde denkt sie auch gar nicht richtig daran, an diese zukünftigen Steaks und Hackbraten, die gerade mit ihren Schwänzen die Fliegen vertreiben. Sie denkt an Fleisch im Allgemeinen. Vor allem an ihr Fleisch. Und an seins. Und daran, dass sie eigentlich hier sind, um etwas ganz Bestimmtes zu tun. Zum ersten Mal. Jedenfalls für sie. Er behauptet zwar auch, er hätte es noch nie getan, aber sie ist sich nicht ganz sicher, ob er die Wahrheit sagt. Bei Jungs ist sie sich nie ganz sicher, obwohl sie gerne so tut, als würde sie alle durchschauen. Dass ihr die Jungs immer fremder werden, liegt bestimmt daran, dass sie schon mit so vielen Jungs zusammen war. Es stimmt nicht, dass man durch Erfahrung klug wird. Man wird nicht mal erfahren. Und wer will schon klug sein, wenn es um das eine geht? Klugheit ist Kopfsache und jetzt sind andere Körperteile wichtiger. Wenn sie den Kopf nicht ausschaltet, wird der Rest ihres Körpers nicht funktionieren. Das weiß sie ganz genau. Aber ihr Kopf ist eine Welt für sich. Auf welchen Schalter soll man drücken, um eine Welt auszuschalten?

Sie haben schon seit Tagen nicht mehr darüber gesprochen. Vermutlich haben sie schon viel zu viel darüber geredet und gesimst und gemailt. Alles ist gesagt. Jetzt müssten sie es nur noch tun. Jetzt? Hier? Im Gras? In der Hitze? In Ostfriesland?

Sie greift nach seiner Hand, die genauso feucht ist wie ihre. Er drückt leicht zu. Sie drückt ebenfalls. Beide schauen in verschiedene Richtungen. Zu sehen gibt es Wiesen, Bäume, Kühe, Bauernhäuser und ganz weit in der Ferne zwei Kirchtürme, einer links und einer rechts.

»Tabea?«

Sie zuckt zusammen. »Ja?«

»Vergiss es!«

»Was?«

»Du weißt schon. Ich hab noch mal darüber nachgedacht.«

»Über uns? Oder über das, was ich vergessen soll?«

»Über mich. Ich bin nicht der Richtige dafür. Irgendwie komme ich mir vor wie bei einer Mathearbeit, auf die ich mich kein bisschen vorbereitet habe. Ich hab keinen Bock auf 'ne Sechs.«

»Keine Angst, ich verteile keine Noten.«

»Ich hab aber Angst.«

Er will ihre Hand loslassen, aber sie hält ihn fest. Diese verdammte Angst! Wovor? Er darf ruhig alles falsch machen. Was soll man schon großartig falsch machen? Was soll man schon großartig richtig machen? Es ist nicht so wichtig. Hauptsache, es passiert endlich! Sie hat keine Lust mehr, darüber nachzudenken und darüber zu reden. Sie hat schon alles Mögliche mit Jungs gemacht und die Jungs mit ihr. Jetzt fehlt nur noch das eine. Das beschissene erste Mal! Warum nimmt er das so schrecklich ernst? Warum nimmt er sie nicht einfach? Warum ist er genauso feige wie sie? Warum wirft sie ihm vor, dass er feige ist und ebenso wenig wie sie den Kopf ausschalten kann? Genau deshalb hält sie ihn doch für den Richtigen für dieses verfluchte erste Mal!

Schweigend gehen sie weiter, schwitzend, durstig, die Finger so fest ineinander verhakt wie zwei ängstliche Kinder in einem verwunschenen Märchenwald.

»Sollen wir wieder zurückgehen?«, schlägt er vor, eine halbe Ewigkeit später.

Sie nickt.

Beim Umdrehen streifen sich ihre Körper. Sie fallen sich in die Arme. Sie fallen ins Gras. Sie lachen beim Küssen und umgekehrt. Und dann wird es ganz still. Gelacht wird erst wieder, als beide gleichzeitig ein Kondom zücken. Sie will sich nicht mehr von Clowns überraschen lassen.

Hinterher sagt er nur: »Tabea?«

»Ja?«

Mehr sagt er nicht. Sie sagt: »Michael.«

Es gibt keine Tränen und kein Blabla. Sie ziehen sich an. Ein Düsenjäger braust über sie hinweg. Sie hält sich die Ohren zu. Er lächelt. Ein fremdes Lächeln. Sie bereut es trotzdem nicht. Es gibt Schlimmeres. Es gibt Schöneres. Es war okay gewesen. Ein Glück, dass sie ihm keine Note geben muss.

Die

nette Dame in der Bücherei erkennt mich sofort wieder. Zur Begrüßung schüttelt sie mir die Hand.

»Guten Tag! Tut mir leid, mit Thomas Bernhard kann ich Ihnen immer noch nicht dienen.«

»Wie wär's mit Brancusi?«

Sie mustert mich erstaunt. »Brancusi? Sie haben wirklich einen ausgefallenen Geschmack. Meine Töchter haben sich in Ihrem Alter mehr für Popmusik und Kosmetik interessiert.«

»Das tue ich auch.«

»Aha.«

Sie sitzt hinter der winzigen Ausleihtheke und sortiert gerade einen riesigen Stapel Zeitschriften. Außer uns beiden befindet sich nur noch ein älterer Herr im Raum.

Im Trainingsanzug steht er vor einem Regal, kratzt sich an seinem stachligen Kinn und stiert gedankenverloren auf die Buchrücken.

Ich beobachte die Dame dabei, wie sie die Zeitschriften ordnet. Wie immer, wenn ich mich wahnsinnig gerne mit jemandem unterhalten möchte, finde ich nicht die richtigen Worte. Wenn ich die Dame nicht so nett finden würde, hätte ich kein Problem, mit irgendwelchem Geplapper loszulegen. Aber ich möchte etwas sagen, das sie dazu bringt, mich zu mögen, ohne dabei zu verraten, dass ich sie mag.

Warum mag ich sie überhaupt? Nur weil sie mich siezt? Oder weil sie mich an Oma Friederike erinnert? Mit dem Blick, den sie mir eben bei der Begrüßung zugeworfen hat, schien sie mich bis in die tiefsten Winkel meines Herzens zu durchschauen. Wahrscheinlich hat ihr das, was sie dort gesehen hat, nicht gefallen. Oder warum schenkt sie mir keinerlei Beachtung mehr?

»Über Brancusi haben Sie also nichts?«, erkundige ich mich.

»Natürlich nicht«, entgegnet sie leicht gereizt. »Was glauben Sie eigentlich, wo Sie hier sind?«

»In Brödersbüll.«

Der Mann im Trainingsanzug setzt sich plötzlich mit großen Schritten in Bewegung und verschwindet aus der Bücherei. Kaum ist er weg, stößt die Dame hinter der Theke einen erleichterten Seufzer aus und lehnt sich zurück.

»Endlich!«, stöhnt sie. »Dieser blöde Kerl taucht jeden Nachmittag hier auf und quatscht mich voll. Ist angeblich in mich verliebt.« Sie verdreht die Augen. »Liebe ist das Allerletzte, was ich gebrauchen kann!«

»Sind Sie verheiratet?«

Sie nickt. »Aber mein Mann ist schon lange weg.«

»Wohin?«

»Auf den Friedhof.«

»Also sind Sie gar nicht mehr verheiratet?«

»Doch. Sein Tod hat nichts daran geändert. Für mich gibt's keinen anderen Mann, verstehen Sie?«

»Ja.«

»Nein, das können Sie nicht verstehen«, sagt die Dame und steht auf. Sie trägt ein graues Kostüm und eine weiße Bluse.

»Wenn ich alt bin, möchte ich auch so gut aussehen wie Sie.«

Normalerweise denke ich solche Sätze nur, spreche sie aber nie aus. Diesmal konnte ich mich nicht daran hindern.

Sie schüttelt den Kopf. »Ich bin einundsiebzig. Das ist nicht alt. Als ich jung war, hätte ich gern so gut ausgesehen wie Sie. Dürfte ich Sie um Ihren Namen bitten?«

»Gabriele Schumann«, antworte ich ohne Zögern.

»Martha Nielsen.«

Lächelnd schütteln wir uns schon wieder die Hände. Ein Glücksgefühl durchströmt mich, für das die Dame nicht allein verantwortlich ist. Schuld daran sind auch die Vögel, die draußen im Garten munter vor sich hin zwitschern. Und die Sonne, die seit heute Morgen von einem tiefblauen Himmel strahlt. Und meine Eltern, die ich vorhin etwa eine Stunde lang von Weitem beobachtet habe und die ohne mich richtig gut miteinander klarkommen. Und Sven, den ich gleich treffen werde. Und Michael, der mir vor einer Viertelstunde gesimst hat, dass er mich liebt. Und natürlich ich selbst, weil ich schön und nett bin und gesiezt und ernst genommen werde.

»Warum sind Sie bei diesem herrlichen Wetter nicht unten am Strand?«, wundert sich Frau Nielsen.

Ehe ich etwas darauf erwidern kann, kommt der Bäcker herein. Er nickt mir freundlich zu, legt drei Bücher auf die Theke, wechselt ein paar Worte mit der Dame und verschwindet wieder.

»Sehr sympathisch, unser Herr Brinkhoff!«, schwärmt Frau Nielsen. »Früher sah er mal richtig gut aus.«

»Das habe ich mir auch schon gedacht. Ich hole jeden Morgen Brötchen bei ihm. Leben seine Eltern noch?«

»Ja, wieso?«

»Nur so.«

Frau Nielsen schmunzelt. »Sie stellen merkwürdige Fragen. Sind Sie gerade verliebt?«

»Warum siezen Sie mich eigentlich?«, frage ich zurück. »Niemand siezt mich.«

»Darum wollte ich die Erste sein. So behalten Sie mich vielleicht noch lange im Gedächtnis. Womöglich bekomme ich sogar einen kleinen Nebensatz in Ihrem Tagebuch«, fügt sie augenzwinkernd hinzu.

»Ich führe kein Tagebuch«, erkläre ich. »Da gehört nur das rein, was man wirklich erlebt. Und meine Erlebnisse sind zu langweilig. Und zu kompliziert.« Ich werfe einen Blick auf die Uhr. »Ich muss jetzt leider gehen.«

»Schade.«

Zum dritten Mal innerhalb von zehn Minuten schütteln wir uns die Hand.

»Ich liebe höfliche Menschen«, sagt Frau Nielsen.

»Komisch, dass Sie mich trotzdem mögen. Auf Wiedersehen!«

»Auf Wiedersehen, Frau Schumann! Und sparen Sie sich den Abstecher zum Friedhof. Mein Mann liegt woanders. In Oldenburg.«

»Warum sollte ich sein Grab besuchen?«

»Weil Sie neugierig sind.«

Beim Rausgehen winke ich ihr noch einmal zu. Jede Trennung fällt mir schwer, sogar von Leuten, die ich erfunden habe.

Kopfschmerzen?

»Ich glaube dir kein Wort!«, faucht ich ihn an. »Wahrscheinlich warst du wieder bei dieser Tante mit dem Au-pair-Mädchen. Fast eine Stunde lang hab ich auf dich gewartet, du Blödmann!«

Das stimmt nicht. Genau zwei Stunden saß ich auf

dem Marktplatz herum, schwankend zwischen Wut und Verzweiflung, zwischendurch genervt von Michaels SMS.

»Ich hatte wirklich Kopfschmerzen«, beteuert Sven, der mit verschränkten Armen neben mir auf dem Deich hergeht.

Der Deich! Schon wieder! Immer nur Deich oder Strand oder Marktplatz oder Kirche oder Feldwege. Brödersbüll! Nächsten Sommer fahre ich zusammen mit Isabel durch ganz Europa. London, Paris, Madrid, Mailand. Und wenn mir dabei irgendein Sven oder Michael über den Weg läuft, wird nicht lang gefackelt. Wozu ist ein Schlampen-Image gut, wenn man sich nicht wenigstens in den Ferien als Schlampe benehmen darf?

»Ich mache mir Sorgen wegen den Kopfschmerzen«, fängt Sven wieder an. »Eine Cousine von mir ist an einem Gehirntumor gestorben.«

»Ach, du Scheiße!«

»Warum bist du eifersüchtig auf Conchita? Liebst du mich etwa?«

»Na klar, und wie!«

Er lacht.

»Hast du eigentlich 'ne Freundin?«

Die Frage, die ich auf keinen Fall stellen wollte. Jetzt ist sie mir rausgerutscht. Wenn ich wirklich eine tolle Schauspielerin wäre, würde ich selbst bestimmen, welchen Text ich aufsage.

»Nein.«

Obwohl es mir schwerfällt, zwinge ich mich dazu, das Thema zu wechseln. Ich möchte Sven nicht dazu bringen, mir schließlich doch zu gestehen, dass er eine Freundin hat. Vor allem will ich nicht wissen, wie sie heißt und wie sie aussieht, wie sie ihn küsst und er sie befummelt und was sie sonst noch treiben. Dann würde vielleicht alles zu Ende sein.

Was alles? Und wieso zu Ende? Hat denn irgendwas richtig angefangen?

»Wie alt ist deine Cousine geworden?«

»Neunzehn.«

Es hat angefangen zu nieseln. Ich mache den Reißverschluss meines Anoraks zu und stecke die Hände in die Taschen. Gestern hätten wir in der prallen Sonne in den Dünen liegen können, wenn nicht Svens Kopfschmerzen dazwischengekommen wären. Hätte ich ihn nicht pflegen können? Ich stelle mir vor, wie er in seinem Bett liegt. Im Einzelzimmer. Mit fieberheißer Stirn. Warum schlägt er nicht noch mal vor, uns was im Fernsehen anzugucken? Wir könnten zusammen im Bett liegen, statt im Regen herumzulatschen und über den Tod zu reden. Er erzählt mir ausführlich, wie seine Cousine gestorben ist. Dann erzähle ich ihm von Omas Tod. Er ist total baff.

»In der Badewanne ertrunken? Wahnsinn! Ist sie vorher ohnmächtig geworden?«

»Keine Ahnung. Auf jeden Fall wollte sie nie im Bett sterben. Und das hat ja auch tatsächlich geklappt.«

Er mustert mich von der Seite. »Wie locker du darüber redest! Ich dachte, du wärst total geknickt wegen ihrem Tod.«

»Mein Gott!«, rege ich mich auf. »Können wir uns nicht mal über was anderes unterhalten?«

»Worüber denn?«

»Mir ist kalt!«

Jeder andere Junge hätte verstanden, was ich damit sagen wollte: *Leg deinen Arm um mich!* Aber Sven meint nur: »Mir auch!«, und schweigt dann minutenlang vor sich hin.

Ich hasse mich dafür, dass ich nicht aufhören kann, an Svens Bett zu denken. Was will ich eigentlich von ihm? Das, was ich auch von Michael will? Ich habe das Handy in meinem Zimmer gelassen in der Hoffnung, dass ich damit auch Michael dort lassen könnte. Und tatsächlich: Auf dem Weg zum Marktplatz dachte ich keine einzige Sekunde an ihn. Doch kaum tauchte Sven auf, war auch Michael wieder zur Stelle, irgendwo in meinem Hinterkopf. Manchmal kann ich spüren, wie er sich bewegt. Wie er sich windet, wenn ich etwas denke, was ihm nicht behagt. Wie er heftig zu zappeln beginnt, sobald ich ihm keine Beachtung mehr schenke. Er kapiert einfach nicht, dass Sven nichts mit ihm zu tun hat. Dass alles, was ich für Sven empfinde, nichts daran ändert, was ich für ihn empfinde. Dass es Liebe und Liebe gibt.

Ach Quatsch! Das ist alles nur dummes Zeug, was mir da durch den Kopf schwirrt. Wenn ich ganz genau wüsste, was ich für Sven empfinde, würde ich ihn packen, in sein Hotelzimmer schleifen und über ihn herfallen. Wenn ich ganz genau wüsste, was er für mich empfindet, würde ich dasselbe tun. Oder was anderes. Wichtig ist, dass endlich irgendeiner von uns irgendwas tut. In sechs Tagen fahre ich nach Hause.

»Mir ist kalt«, wiederholt Sven.

Prompt lege ich einen Arm um seine Hüften. »Besser?«

»Wie kommst du darauf? Dein Arm ist keine Heizung.«

Ich lasse ihn los, bleibe stehen und zische: »Ich hab keine Lust mehr auf diese ganze Scheiße!«

»Hä? Auf welche Scheiße?«

»Bist du wirklich so verklemmt oder tust du nur so?«

»Ich und verklemmt? Nur weil ich nicht an deinen Titten rumspielen will?«

»Natürlich willst du das!«

»Du eingebildete Kuh!«

Blitzschnell legt er beide Hände auf meine Brüste

und drückt kräftig zu. Ich stoße ihn weg. Lachend dreht er sich um und stapft davon.

Das

Telefon klingelte. Sie stand im Wohnzimmer am offenen Fenster und lächelte. Pech gehabt. Oder Glück. Höchstens einmal in der Woche rief jemand bei ihr an. Wenn sie gerade zufällig nahe genug am Telefon stand, hob sie ab. Beim ersten Satz freute sie sich immer, mal wieder eine andere Stimme zu hören als ihre eigene. Doch schon beim zweiten Satz ärgerte sie sich darüber, dass die Stimme nichts sagte, was sie auch nur im Geringsten interessierte.

Das Telefon klingelte immer noch. Sollte sie sich in Bewegung setzen?

Sinnlos. Vom Fenster bis in den Flur brauchte sie mindestens zwei Minuten. Es waren bloß ein paar Schritte. Aber wenn man 87 Jahre alt war und nur noch in Zeitlupe durch die Gegend schlurfen konnte, kam einem der Weg endlos vor.

»Ist sowieso nur jemand Unwichtiges«, murmelte sie. »Irgendeine Schwätzerin, die alte Geschichten aufwärmen möchte. Oder meine Tochter, die wissen will, warum ich immer noch nicht tot bin.«

Sie lächelte wieder. Sie lächelte oft in letzter Zeit. Es war ein friedliches, entspanntes Lächeln. Zumindest bildete sie sich das ein. Doch wenn sie ihr Lächeln im Spiegel gesehen hätte, wäre sie erschrocken gewesen, wie grimmig und bitter und verzweifelt und hässlich es war.

Sie war nicht traurig darüber, allein zu sein. Den täglichen Besuch der Altenpflegerin empfand sie als Störung. Diese stets gut gelaunte Blondine, so jung und so dumm und so verdammt gesund ... Wie beneidete sie ihren schwungvollen Gang und ihr fröhliches Kichern und ihr unbeschwertes Geplapper! So war sie nie gewesen, nicht mal mit fünfzehn. Wenn sie damals geahnt hätte, wie rasend schnell ein Leben vorbeigeht, hätte sie alles ganz anders gemacht.

Fast alles.

Sie warf einen Blick auf das kleine Foto, das eingerahmt über dem Fernseher hing, umzingelt von Victorias scheußlichen Bildern. Michael mit achtundzwanzig, die kleine Victoria auf dem Arm. Aufgenommen an der Algarve. Ein wunderschöner Sommer. Victoria hatte noch nicht das gelernt, womit sie ihren Eltern in den nächsten fünfzig Jahren das Leben zur Hölle machen würde: reden. Aber gemalt hatte sie damals schon. Auf alles, was ihr in die Finger kam. Striche, Kreise, Kreuze. Heute malte sie immer noch das Gleiche und kassierte einen Haufen Geld dafür. Kunst!

»Kunst!«, rief sie lachend aus. »Kunst!«

Michael hatte Victorias Bilder gemocht. Oder hatte er sich nur nicht getraut, seine wahre Meinung darüber zu verraten? Sie hatte ihn nie richtig verstanden, bis zum Schluss nicht, als er in diesem schrecklichen Krankenzimmer lag, tausend Schläuche im Körper und keinen einzigen Funken Leben in den starren Augen, vier Monate lang.

Endlich verstummte das Telefon. Sie schaute wieder hinunter auf die Straße. Autos, Fahrräder, Kinderwagen, Menschen, Hunde. Sommer. Ihr Sommer Nr. 87. Sie dachte an die zwei Wochen an der Algarve mit der kleinen Victoria. Und plötzlich an die drei Wochen in Brödersbüll, zusammen mit ihren Eltern. Warum fiel ihr ausgerechnet dieser Sommer ein?

»Da war doch was«, brummte sie. »Irgendwas. Aber was?«

Sie überlegte und überlegte. Dann lächelte sie wieder. Sie war froh, dass sie so viel vergessen hatte. Sechzig, siebzig Jahre lang hatte sie einen Haufen Müll in ihrem Gedächtnis herumgeschleppt. Stimmen, Gesichter, Landschaften. Wozu? An das, was ihr wirklich wichtig war, konnte sie sich noch sehr gut erinnern. Der Rest war ihr schon egal gewesen, als sie ihn erlebt hatte. Auch das, was damals in Brödersbüll passiert war. Sie sah den Marktplatz vor sich und den Deich. Und den Bäcker, in den sie sich unsterblich verliebt hatte, obwohl er älter war als ihr Vater. Fast jede Nacht hatte sie von ihm geträumt. Und wenn sie dann morgens in den Laden kam und ihn anlächelte, war sie knallrot geworden. Jeden Morgen! Dabei hatte sie sich so erwachsen gefühlt in jenem Sommer. Und gleichzeitig so schrecklich hilflos. Damals wusste sie noch nicht, dass das gar kein Widerspruch war.

Der Sommer Nr. 87 war gar nicht so übel. Autos, Fahrräder, Kinderwagen, Menschen, Hunde. Und zu kaputte Beine, um in dem ganzen Gewimmel noch mitmachen zu müssen. Das Telefon klingelte drauflos. Sie schaute einem Flugzeug hinterher, das gleich in den Wolken verschwinden würde.

Ich

zucke zusammen. Seit zwei Wochen hat mein Handy nicht mehr geklingelt. Wer kann das sein?

»Ja?«

»Hier ist Michael.«

»Hä? Bist du schon zu Hause?«

»Nein, immer noch in Agadir. Mein Vater hat im Café einen netten Typen kennengelernt. Auch Apotheker. Wir besuchen ihn gerade. Er hat mir erlaubt zu telefonieren.«

»Aha.«

»Ich liebe dich.«

»Ich dich auch!«

»Du klingst so merkwürdig.«

Weil ich heule. Aber das braucht er natürlich nicht zu erfahren. Sonst müsste ich ihm auch den Grund dafür verraten und den weiß ich selbst nicht so genau. Wieso denke ich überhaupt darüber nach, statt mich über seine Stimme zu freuen? Typisch! Beim ersten Mal werde ich wahrscheinlich über irgendein Buch nachdenken. Oder über eine überflüssige Bemerkung von Tamara.

»Was hast du gesagt?«, frage ich Michael.

»Dass ich dich liebe.«

»Ich meine danach.«

»Gar nichts mehr. Ich kann es einfach nicht fassen, dass wir beide zusammen sind.«

»Sind wir im Moment ja auch gar nicht.«

Er lacht. »Du weißt, was ich meine. Ich finde es irgendwie so seltsam, dass du meine Freundin bist. Ich habe mich die ganzen zwei Wochen lang gefragt, wieso du dich ausgerechnet in mich verknallt hast. Ich bin doch die totale Schlafmütze und denk immer nur an die Schule und –«

»Entschuldigen Sie, Herr Schwegler!«, unterbreche ich ihn. »Könnten Sie bitte Ihren Sohn Michael ans Telefon holen? Vielen Dank!«

»Was soll das?«

»Du klingst so erwachsen!«

»Ich bin sechzehn!«

»Na und? Das ist keine Entschuldigung dafür.« Ich ziehe die Nase hoch.

»Bist du erkältet?«

»Nein, ich heule.«

»Wieso?«

»Weil du recht hast. Ich hab auch keine Ahnung, wieso ich mit so einer Schlafmütze wie dir zusammen bin. Mach doch mit mir Schluss!«

»Spinnst du?«

»Na los!«

»Du heulst gar nicht. Das ist nur eines deiner üblichen Comedydinger, die du dauernd für mich abziehst. Bei dir blicke ich immer weniger durch.«

»Danke gleichfalls!«

»Wieso bist du nicht am Strand?«

»Weil das Wetter so schlecht ist.«

Dreißig Grad. Strahlender Sonnenschein.

»Ich trau mich kaum noch aus dem Hotel«, gesteht er seufzend. »Dauernd diese Bettler! Wie kann man nur in einem Land Urlaub machen, wo alle so arm sind? Mir schmeckt das Essen nicht mehr, wenn ich daran denke, wo ich bin.«

»Dann denk einfach, du wärst woanders.«

»Denke ich sowieso die ganze Zeit. Ich denke an

nichts anderes als an dich. Ehrlich gesagt, habe ich es schon mit dir gemacht. Richtig. Jede Nacht.«

»Und? Wie war's?«

»Jedes Mal anders, aber meistens ganz schön.«

»Bist du besoffen?«

»Wieso?«

»Manchmal redest du in einer Woche nicht so viel wie jetzt am Telefon.«

»Ich liebe dich!«

»Halt die Schnauze!«

»Hä?«

»Ich hab keine Lust mehr, zu heulen!«

»Hör doch auf mit dem Scheiß! Ehe du 'ne Träne vergießt, muss erst die ganze Welt für dich zusammenbrechen.«

»Stimmt. Leg auf!«

»Wieso?«

»Leg auf!«

»Bist du sauer auf mich?«

»Okay, dann leg ich auf! Tschau!«

»Ich liebe dich!«

Ich lege auf. Ich lege mich aufs Bett. Ich vergieße Tränen. Echte, feuchte, wirkliche. Ansonsten heule ich nur in schwarzen Notizbüchern. Andere nennen das schreiben.

Er

hat nicht gesagt: »Ich möchte mal ein paar Stunden mit dir alleine sein.« Er weiß genau, dass ich darauf nur mit einer ätzenden Bemerkung reagiert hätte, auch wenn ich mich selbst mehr über sie geärgert hätte als er.

Nach dem Abendessen hat sich Mutter aufs Sofa gehockt, eine Zigarette angezündet und in den Roman über die Seuche am Amazonas vertieft. Sie hob nicht mal den Kopf, als sich Vater den Fotoapparat schnappte und rief: »Ehe wir abreisen, muss ich unbedingt den Sonnenuntergang knipsen. Wer kommt mit?«

Wortlos schlüpfte ich in den Anorak und ging zur Tür. Vater folgte mir. Auf dem Weg zum Deich wussten wir nicht, worüber wir reden sollten. Darum quatschten wir ohne Unterbrechung über das, was wir sahen: Urlauber, Hunde, Telefonzellen, Bänke, Geschäfte.

Ich hasse dieses Vater-Tochter-Ding! Als Kumpel wäre mein Vater echt okay. Ich würde ihn einmal im Monat anrufen und ihn dreimal im Jahr treffen. Und dabei hätten wir bestimmt jede Menge Spaß. Aber leider ist er nicht mein Kumpel. Jedenfalls nicht mehr so oft wie früher.

Woraus besteht dieses Gebirge zwischen uns, das mir immer unüberwindlicher vorkommt? Aus dem ganzen üblen Kram, den wir uns in den letzten Jahren an den Kopf geworfen haben? Oder aus dem, was wir dauernd loswerden wollen, aber niemals auszusprechen wagen? Auch jetzt nicht, während wir auf dem Deich spazieren gehen und uns über den Urlaub an der Algarve unterhalten, die ersten gemeinsamen Ferien der Familie Schumann. Hoffentlich nervt er mich gleich nicht mit der Geschichte über die volle Windel, die ich damals aus dem Mülleimer gefischt und zur Rezeption gebracht habe.

»Und weißt du noch, wie du deine vollgekackte Windel –«

»Bitte nicht!«, flehe ich Vater an. »Warum habe ich diese Scheißwindel nicht im Mülleimer gelassen? Kannst du mir nicht mal was erzählen, was ich noch nie von dir gehört habe?«

»Nein«, gesteht er mit einem verlegenen Grinsen. »Du etwa?«

»Ja. Was willst du wissen?«

»Was schreibst du denn da den ganzen Tag?«

»Geschichten. Über alles Mögliche.«

»Auch über mich?«

»Nicht direkt. Das heißt, eigentlich schreibe ich über niemanden direkt.«

»Und warum darf es trotzdem keiner lesen?«

»Darum«, antworte ich schroff, damit mein Vater das Thema wechselt.

Er schaut auf die Uhr. »Das kann noch dauern mit

dem Sonnenuntergang. Sollen wir schon mal ein paar Fotos machen?«

»Von mir?«

»Was dagegen?«

»Ja.«

»Schade.«

»Nun fang nicht gleich an zu heulen!«

»Sehr witzig!«

»Okay, mach ruhig ein paar Fotos von mir. Aber sülz dabei nicht rum. Ich bin nicht schön, kapiert?«

Zumindest will ich das nicht von meinem Vater hören.

Ich gehe langsam weiter, während er stehen bleibt, um den Fotoapparat aus der Hülle zu holen. Kaum drehe ich mich nach ihm um, drückt er auch schon auf den Auslöser. Ich strecke ihm die Zunge raus. Er drückt wieder. Ich mache ein böses Gesicht und stemme die Hände in die Hüften. Er drückt und drückt und drückt. Und dann flucht er plötzlich: »Scheiße! Der Film ist voll! Den Sonnenuntergang können wir vergessen.«

»Ist sowieso viel zu kitschig.«

»Stimmt! Ein Punk, der so 'ne sentimentale Kacke knipst!« Er schüttelt den Kopf. »Ich sollte wieder mit den Drogen anfangen.«

»Geht nicht. Die kosten Geld.«

Er stößt einen Seufzer aus. »Weißt du, wie oft deine Mutter und ich schon das Haus verflucht haben? Wir hätten niemals bauen sollen. Seit dem ersten Spatenstich denken wir nur noch darüber nach, wie wir den Kredit abstottern. Ich hatte fest damit gerechnet, dass ich Filialleiter werde. Hat nicht geklappt. Und deine Mutter wollte Chefsekretärin werden, aber das hat auch nicht geklappt. Diesem Scheißkredit haben wir auch zu verdanken, dass wir hier Urlaub machen, in dieser winzigen Wohnung in diesem öden Kaff!«

»Ach, mir gefällt es eigentlich ganz gut hier.«

»Lügnerin! Willst du mal einen blöden Satz aus 'ner Seifenoper hören?« Er legt einen Arm um meine Schulter. Ich schüttle ihn nicht ab. Das verwirrt ihn so sehr, dass er vergisst, was er mir sagen wollte.

»Was für einen Satz?«

»Hä?« Er runzelt die Stirn. »Ach so! Ich wollte sagen: Das mit dem Haus, das tun wir nur für dich!«

»Oh Gott! Am liebsten würde ich die scheußliche Hütte abfackeln!«

»Ich kauf dir die Streichhölzer dafür. Sollen wir umkehren?«

»Wieso?«

Er lacht. Ich auch. Wir trauen uns nicht, uns in die Augen zu schauen. Wolken schieben sich vor die Sonne. Wir gehen immer langsamer. Mein Handy piepst. Ich lasse es in der Tasche. Er beginnt wieder zu lachen. Ich nicht. Das Gebirge zwischen meinem Vater und mir besteht nur in meiner Einbildung. Leider auch in seiner.

Liebe Isabel!
Was ist los? Wo bleibt das erste Kapitel? Findest Du es so schlecht, dass Du es mir nicht schicken willst? Glaub mir: Je schlechter es ist, desto lieber werde ich es lesen. Wenn es besser sein sollte als mein Geschreibsel, würde ich sofort meine Notizbücher zerreißen. Willst Du das etwa? Na klar willst Du das! Aber Du wirst es leider nicht schaffen. Vom Schreiben versteht Du nämlich genauso viel wie ich von Jungs.
Sven ...
Eigentlich wollte ich gar nichts mehr mit ihm zu tun haben, nachdem er mir vorgestern an den Busen gegrapscht hat. Mitten auf dem Deich. Ohne Vorwarnung. So zärtlich, als wollte er zwei Luftballons zum Platzen bringen. Vollidiot!
Aber gestern Abend gab es mal wieder vier magische Stunden, zwei davon mit meinem Vater. Wir waren auf dem Deich spazieren.

Nur wir zwei. Niemand anderes war dabei, weder meine Mutter noch ich als Baby oder Studentin oder mein Vater als Jugendlicher oder Rentner. Also kein Gesabbel über früher oder später. Nur ein paar Sätze über hier und jetzt. Nichts Besonderes. Die Stimmung kann ich nicht beschreiben. Nur die Möwe, die uns ständig begleitete. Ich wunderte mich, dass sie nicht ganz anders aussah als alle anderen Möwen in Brödersbüll. Schließlich war dieser Abend doch auch ganz anders als alle anderen Abende in Brödersbüll.

Als wir auf dem Rückweg an einer Kneipe vorbeikamen, schlug mein Vater vor, noch ein Bier trinken zu gehen. Ich lehnte ab. Ich musste ganz schnell was aufschreiben. Zum ersten Mal hatte ich eine Idee für eine Geschichte, die absolut nichts mit mir zu tun hatte. Mein Vater versuchte vergeblich, sich die Enttäuschung nicht anmerken zu lassen. Trotzig wie ein kleiner Junge verkündete er: »Dann gehe ich eben alleine einen trinken!«, worauf er schnurstracks in die Kneipe marschierte, ohne sich von mir zu verabschieden.

Weil ich Angst hatte, die Idee zu verlieren, beschleunigte ich meine Schritte. Doch als ich um die nächste Ecke bog, kam mir Sven entgegen. Wir blieben stehen und lächelten uns an.

»Tut mir leid!«, meinte er achselzuckend. »Normalerweise bin ich nicht so eine Sau. Leider«, fügte er hinzu. »Manche Mädels mögen das nämlich.«

»Ich nicht.«

»Ich weiß. Genau deshalb hab ich's ja getan. Wo willst du hin?«

»Wo willst du hin?«

»Ins Hotel. Gleich läuft ein alter Film mit Montgomery Clift. Gefällt dir sicher nicht, oder? Sonst kannst du ja mitkommen.«

Ich zögerte.

»Keine Angst«, beruhigte er mich. »Ich fass dich nicht mehr an.«

»Echt nicht?«

Er schüttelte den Kopf.

»Dann komme ich nicht mit«, sagte ich.

Das hielt er für einen Witz und lachte.

Auf dem Weg ins Hotel erzählte er mir, wie sehr er sich ohne mich gelangweilt hatte. Mein Handy piepste. Als ich Michaels SMS las, redete Sven einfach weiter. Erst oben in seinem Zimmer hielt er endlich den Mund.

Er nahm mich in die Arme, drückte seine Lippen auf meine und zog mich zum Bett. Wir fielen auf die Matratze und rissen uns die Kleider vom Leib. Als er sich das Kondom überstreifte, traute ich kaum meinen Augen! Auf dem Gummi stand in großen, knallroten Buchstaben: ICH LIEBE DICH, TABEA!
Halt! Stopp! Alles Lüge! Bitte zurückspulen!
Also, wir kommen in sein Zimmer. Kaum hat er die Kiste angemacht, geht der Film los. Stinklangweilig! Nach den ersten zehn Minuten sagt er: »Ich schlaf gleich ein. Sollen wir nicht lieber was anderes machen?«
»Von mir aus!«
Und jetzt halt dich fest: Eine Minute später haben wir es tatsächlich getan – wir haben Mensch-ärgere-dich-nicht gespielt! Zwei Stunden lang! Und es war schöner als alles, was ich je mit einem Jungen erlebt habe! (Ja, ich weiß: mein Standardspruch ...)
Ein einziges Mal hat mich Sven berührt. Beim Würfeln. Es war wie ein elektrischer Schlag. Für ihn. Er ist zusammengezuckt und hat sofort seine Hand zurückgerissen.
Ein bisschen mulmig wurde es beim Abschied.

Wir standen im Flur vor seinem Zimmer.
»Schlaf gut!!«, sagte ich und wollte gehen.
»Moment mal!«
Ich blieb stehen. »Ja?«
Er sah mir zwar in die Augen, aber gleichzeitig auch irgendwie durch mich hindurch. Er war so groß und gleichzeitig noch so wahnsinnig klein. Nein, auch diesmal würde er mir nicht gestehen, dass er sich total in mich verknallt hatte. Und ich würde es ihm auch nicht sagen. Nur noch vier Tage. Wir hatten zu viel Zeit verplempert. Jetzt war alles sinnlos.
»Du erinnerst mich an meine Cousine«, sagte er.
»Die mit dem Gehirntumor?«
»Nein, an eine andere.«
»Wie viele Cousine hast du denn?«
»Vier Stück. Gute Nacht!«
»Gute Nacht.«
Ich ging zum Fahrstuhl. Ehe sich die Tür hinter mir schloss, drehte ich mich um. Er war verschwunden. In Filmen sehen Hotelflure immer endlos aus. Dagegen wirkte der im Hotel Deichgraf richtig mickrig.
Im Aufzug versuchte ich, mich an die Geschichte zu erinnern, die mir auf dem Deich

eingefallen war. Ich hatte sie vergessen.

Warum ärgerte mich das kein bisschen?

Mensch-ärgere-dich-nicht! Kindisch, oder?

Habe ich als Kind nie gemocht.

Mag nicht mehr schreiben.

Tschau!

G

Ich

bin keine Schauspielerin, ich lüge nur gerne.

Ich fahre nie mehr mit meinen Eltern in Urlaub.

Ich verliebe mich nie mehr in einen anderen Jungen, wenn ich gerade verliebt bin.

Ich erfinde nie mehr neue Eltern.

Ich lasse mich nicht davon verrückt machen, dass ich keinen Schimmer habe, wie die nächsten sechzig Jahre für mich ablaufen werden.

Ich bin verrückt.

Ich bin nicht traurig, dass Sven heute wieder zu seiner Tante nach Greetsiel gefahren ist.

Ich werde Michael alle zwanzig Minuten eine SMS schicken.

Ich weiß nicht, wie ich damit aufhören kann, ständig an das erste Mal zu denken.

Ich werde mich nicht darüber aufregen, dass Mutter Romane liest.

Ich werde alle Geschichten lesen, die ich in Brödersbüll geschrieben habe.

Ich werde aufhören zu schreiben, wenn die Geschichten Schrott sind.

Ich schreibe nie mehr so viele Ich-Sätze hintereinander auf.

Über

die richtige Musik hatte sie vorher gar nicht nachgedacht.

»Hip-Hop?«, fragte Michael, der nackt vor dem CD-Ständer kniete. »Oder Techno?«

»Keine Ahnung.«

Auf einmal gefiel ihr das Licht nicht mehr. Sein Hintern wirkte so käsig in der Sonne. Und auf seinem Rücken entdeckte sie ein paar Pickel. Einer davon sah ziemlich gefährlich aus. Unheimlich dick und gelb.

»Vielleicht solltest du das Kondom lieber über den Pickel ziehen«, spottete sie. »Der platzt nämlich gleich.«

»Welcher? Der auf der Stirn?«

»Da hast du auch einen?«

Er drehte ihr den Kopf zu und hob den Pony hoch. Oh Gott! Das war kein Pickel mehr, sondern eine Zeitbombe. Wenn die explodierte, wollte Tabea nicht in der Nähe sein. Und schon gar nicht auf oder unter Michael.

»Warum machst du so 'n angeekeltes Gesicht?«, regte sich Michael auf. »Eiter ist ganz harmlos. Soll ich dir mal seine chemische Zusammensetzung erklären?«

»Wehe!«, drohte sie. »Wir wollen doch jetzt ein ganz anderes Experiment zusammen machen.«

»Aber wir haben noch keine Musik.«

»Und die Beleuchtung stimmt auch noch nicht«, erwiderte sie, sprang vom Bett und zog die Vorhänge zu. Jetzt sah sie seine Pickel nur noch in Gedanken vor sich.

»Nun mach schon!«, drängte sie ihn. »Nimm irgendeine CD.«

Aber als er kurz darauf neben ihr auf dem Bett lag und seine Finger von ihren Brüsten langsam südwärts wanderten, fand sie das Techno-Gedudel so nervig, dass sie stöhnte: »Kannst du nicht was anderes auflegen?«

»Was denn?«

Sie ging selber zur Anlage und wechselte die CD. Als die ersten Vivaldi-Takte erklangen, zog Michael eine Flappe und knurrte: »Bei dem Gedudel krieg ich keinen hoch!«

»Das ist wunderschöne Musik, du Blödmann!«

»Ich will keine Musik hören, ich will mit dir schlafen!«

Sie würgte die Musik ab. »Besser?«

Er nickte zwar, doch wenige Minuten später ließ er sie plötzlich los und sagte: »So ganz ohne Musik ist auch scheiße!«

Also warf er wieder den CD-Player an. Vivaldi. Sie liebte dieses Stück! Wenn sie in Brödersbüll nicht so dumm gewesen wäre, ihre Flöte zu begraben, hätte sie genau dieses Konzert in ein paar Monaten mit dem Schulorchester aufführen können. Okay, so gut wie der Typ auf der CD hätte sie es sicher nicht hingekriegt. Aber das hätte auch niemand von ihr verlangt – außer ihr Selbst natürlich. Ihr blödes Selbst! Jahrelang hatte ihr die Flöterei unheimlich viel Spaß gemacht. Sie musizierte gern mit anderen und freute sich auf jedes neue Stück. Und dann kam ihr idiotisches Selbst auf die glorreiche Idee, ein paar Takte auf einem uralten Kassettenrekorder aufzunehmen. Und was passierte beim Anhören? Ihr arrogantes Selbst erklärte ihr Flötenspiel zu einer einzigen Katastrophe. Und ihr theatralisches Selbst gab sich nicht damit zufrieden, die Flöte für alle Zeiten in irgendeinem Schrank zu verstauen und nie mehr anzurühren – nein eine richtige Beerdigung musste her! In einem Kiefernwäldchen am Wattenmeer. Wie lächerlich! Tabea musste grinsen über ihr total durchgeknalltes Selbst.

»Findest du das lustig?«

Eine ferne Stimme riss sie aus ihren Gedanken. Sie öffnete die Augen. Michaels Kopf war über ihr. Sein Körper auch. War alles schon vorbei? Das konnte sie ihn nicht fragen. Er machte ein finsteres Gesicht. Wieso? War gerade einer seiner Pickel aufgegangen? Sie warf einen ängstlichen Blick auf seine Stirn. Sein Pony verdeckte die Zeitbombe. Aber da er noch keine gelbe Tönung hatte, war der Pickel wohl noch nicht explodiert. Und was anderes wohl auch nicht.

Auf der CD begann gerade die schwierige Kadenz. Unwillkürlich blies Tabea sie mit.

»Was machst du denn für bescheuerte Bewegungen mit deinen Lippen?«, wunderte sich Michael.

»Ich blase.«

»Aber nicht bei mir.«

Sie fing an zu lachen. Er auch. Scheiße! Heute würde sich wieder nichts tun. Das war ihr zehnter oder elfter Versuch, das erste Mal über die Bühne zu kriegen. Wenn das so weiterging, würde sie erst ihre Unschuld verlieren, wenn sie sich dank Alzheimer nicht mehr daran würde erinnern können, was Unschuld überhaupt war.

»Sollen wir mal was ganz Perverses tun?«, schlug sie Michael vor.

»Was denn?«

»Du drückst deine Pickel aus und ich sehe dir dabei zu.«

Er verdehte die Augen. »Wetten, dass wir niemals zusammen schlafen werden?«

»Wetten, dass wir nicht mehr zusammen wären, wenn wir es schon getan hätten?«

Sie zog die Vorhänge wieder auf. Die Sonne schien auf seine Hühnerbrust. Warzen. Was für ein seltsames Wort! Warzen. Warzen. Brustwarzen. Warzenschweine. Schweine. Säue. Säugen. Warzen. Hühnerbrustwarzenschweine.

Ich

weiß genau, dass er mich seit einer halben Stunde beobachtet. Ich sitze auf dem Marktplatz, das schwarze Notizbuch auf dem Schoß. Sven sitzt im Eiscafé schräg gegenüber, nicht draußen, weil es da keinen freien Platz mehr gibt, sondern drinnen, direkt am Fenster, die riesige Sonnenbrille auf der Nase. Vor sich eine Cola, die Ellbogen auf dem Tisch, die Finger verschränkt, das Kinn auf den Knöcheln. *Nachdenklicher Jüngling.* So würde ich die Statue nennen, wenn er eine wäre. Vielleicht sieht er gar nicht in meine Richtung. Vielleicht hat er die Augen geschlossen. Vielleicht denkt er gar nicht an mich. Vielleicht denkt er überhaupt nicht. Manche können das. Ich leider nicht.

Ich möchte nicht mehr mit ihm reden. Das mit den Cousinen gestern war ein ganz guter Schlusssatz. So enden manchmal auch meine Geschichten. Ich meine die ausgedachten. Das heißt, ich meine die ausgedachten, die ich nicht lebe, sondern aufschreibe. Ich möchte nun doch Schriftstellerin werden. Ich habe alles gelesen, was ich in Brödersbüll geschrieben habe. Es war nicht besonders gut, aber ich habe große Lust, es besser zu machen. Wenn ich wüsste wie, hätte ich bestimmt nicht ganz so große Lust darauf. Schreiben ist komisch.

Er könnte die Hand heben und mir winken. Er könnte die Sonnenbrille abnehmen und mich anlächeln. Er könnte herkommen und mich küssen.

SMS von Michael:
wie ist das wetter bei euch? ich will endlich wieder wolken sehen. marokko ist mist. ohne dich ist alles mist.

SMS an Michael:
Ich liebe dich!

SMS von Michael:
ich dich auch. noch drei tage! ich lande abends um halb acht. wann seid ihr in düsseldorf? holst du mich ab?

SMS an Michael:
Freue mich schon auf den ersten Kuss!

SMS von Michael:
und ich mich aufs ...

SMS an Michael:
Alte Sau! Ich mich auch!!!!!!!

Ich schaue wieder hinüber zum Eiscafé. Sven ist weg. Eigentlich sollte ich erleichtert sein.

Auf dem Weg zu unserem Strandkorb komme ich an der Bäckerei vorbei. Herr Brinkhoff klebt gerade was aufs Schaufenster. Er verzieht keine Miene, als er mich grüßt. Darum grüße ich auch nicht zurück.

Das

passiert jetzt alles nicht wirklich. Sein Kopf liegt nicht auf meinem nackten Bauch, nicht schon wieder. Ich hab doch alles abgehakt. Die Sache ist gegessen. Die Ferien sind fast vorbei. In achtundvierzig Stunden bin ich zu Hause. Übermorgen Abend küsse ich Michael. Das träume ich nur – Svens Stoppeln auf meinem Bauchnabel, seine Hand auf meinem Oberschenkel. Er beschreibt die Wolken am Himmel. Vier Stück, fünf, sechs. Ich schließe die Augen. Er redet weiter. Seine Stoppeln kitzeln mich bei jeder Bewegung. Seine Hand rührt sich nicht von der Stelle. Ich habe die Arme ausgestreckt. Der Sand ist heiß. Ich reibe ein paar Körner zwischen Daumen und Mittelfinger. Es fühlt sich spannend an. Aber ich weiß, dass ich mir Spannung immer nur einbilde. Dass ich mal wieder glaube, das, was ich gerade erlebe, ist nur ein Auftakt für etwas Größeres. Den Spaziergang auf dem Feldweg hab ich auch für einen Anfang gehalten. Und den Nachmittag in den Dünen. Und das Mensch-ärgere-dich-nicht-Spiel in Svens Zimmer. Alles Anfänge ohne Fortsetzungen. Ich bin genauso feige wie er. Ich bin verliebt. Ich könnte sein Gesicht streicheln und seine Brust. Ich lasse meine Hände im Sand, als wären sie dort festgenagelt. Er beschreibt die Wolken. Er beschreibt sehr gut. Aber es ist nicht er selbst, der die Wolken beschreibt. Er hat zu viel gelesen, das hört man jetzt. Ich werde ihm nachher das Buch von Thomas Bernhard klauen. Ein Roman ohne Absätze, der eigentlich gar kein Roman ist und in dem sich alles wiederholt, aber jedes Mal irgendwie anders. Wenn ich so etwas nicht dauernd erleben würde, dann würde ich auch so etwas schreiben. Heute wird wieder nichts passieren. Er beschreibt Wolken. Langweilig. Langweiler hab ich nie gemocht. Ich sollte mit Michael Schluss machen. Drei Wochen Marokko haben ihn total verändert. Warum will er unbedingt reifer werden? Dafür hat er doch seine Pickel. Ich liebe ihn noch mehr als früher. Was soll jetzt noch kommen? Ich meine, nach dem ersten Mal? Ist er wirklich der Richtige dafür? Gibt es überhaupt einen Richtigen dafür? Ich könnte heißen Sand auf Svens Badehose rieseln lassen. Ich könnte auch hineingreifen. Würde ich mir so viele Gedanken über Jungs machen, wenn ich einen eigenen Schwanz hätte?

Liebe G!
Es hat etwas gedauert, aber hier ist es nun endlich – das geniale

1. KAPITEL
Eigentlich hieß sie Arabella, aber alle nannten sie Ara. Sie plapperte nämlich ohne Unterbrechung und wiederholte sich ständig dabei. Wie ein Papagei. So sah sie auch oft

aus: geschminkt in den grellsten Farben und in knallbunte Klamotten gekleidet. Übertreiben war halt ihr größtes Hobby. Ständig behauptete sie, jemanden zu lieben oder zu hassen. Dabei war ihr der Rest der Welt völlig egal. Für Ara war nur eins wichtig: Ara. Aber wer das erkannt hatte, wandte sich nicht kopfschüttelnd von ihr ab. Im Gegenteil. Jeder wollte mit ihr befreundet sein, sogar ihre eigenen Eltern. Sie ließ jedoch niemanden an sich ran - auch wenn manche Jungs das Gegenteil behaupteten, nachdem sie ein paar Tage lang von ihr als Spielzeug benutzt worden waren.

Den Sommer, in dem ich ihr gestand, dass ich sie liebte, werde ich niemals vergessen. Meine Eltern hatten im Juni ein neues Schuhgeschäft auf der Oststraße eröffnet und konnten deshalb nicht in Urlaub fahren. Ara war zu Hause geblieben, weil sie sich mit ihren Eltern verkracht hatte. Sie wollte Klavier üben und lesen und sich einen neuen Freund suchen, weil sie am letzten Schultag mit Jonathan Schluss gemacht hatte. Ich sollte ihr dabei helfen. Seit dem Kindergarten war sie meine beste Freundin. Und ich ihre. Jedenfalls hatte sie das

vor sechs oder sieben Jahren mal in einem Nebensatz erwähnt. Daran, dass sie mich nie anrief, mir keine Geheimnisse anvertraute und nie richtig zuhörte, wenn ich ihr welche erzählte, hatte ich mich schon längst gewöhnt. Ara war eben Ara. Ihre Schroffheit und ihre Gleichgültigkeit trieben mich manchmal in den Wahnsinn. Aber ab und zu bekam sie richtige Anfälle von Vertraulichkeit, die so rührend waren, dass ich ihr alles verzieh, was sie mir in den Monaten davor angetan hatte.
Seit einer Woche stöhnte ganz Düsseldorf unter einer schrecklichen Hitzewelle. Gnadenlos brannte die Sonne von früh bis spät vom strahlend blauen Himmel. In der Altstadt war die Hölle los. Schon vormittags waren alle Plätze in den Straßencafés und den Restaurants besetzt. Mit einer Dose Cola in der Hand spazierten Ara und ich am Rheinufer entlang. Sie trug einen schwarzen Minirock und ein weißes T-Shirt mit dem Aufdruck SCHLAMPE. Aber sie wäre auch dann von jedem Typen angestarrt worden, wenn auf ihrer Brust das Wort FAHRKARTENSCHALTER gestanden hätte.
Sie redete mal wieder ohne Punkt und Komma.

Und eigentlich auch ohne richtiges Thema. Sie kam von Blusen auf Beethoven, von Fotos auf Furunkel, von dem Namen eines Tankers, der gerade unter der Oberkasseler Brücke auftauchte, auf den BH, den sie sich gleich kaufen wollte.
»Wozu?«, wunderte ich mich. »Du trägst doch sowieso nie einen!«
Sie lachte. »Doch, im Badezimmer. Vor dem Spiegel. BHs stehen mir echt gut. Wie findest du eigentlich meinen Busen?«
»Blöde Kuh! Ich weiß, dass deiner schöner ist als meiner. Das gilt auch für deine Beine, deinen Hintern, dein Gesicht und deine Haare. Hab ich irgendwas vergessen?«
»Ja: meinen Blinddarm und meine Bauchspeicheldrüse.«
Wir überholten zwei total abgerissene Penner, wobei sich Ara die Nase zuhielt.
»Igitt!« Sie schüttelte sich. »Warum dürfen die hier frei rumlaufen? Die stinken ja wie die Pest!«
Mit aller Kraft kniff ich ihr in den rechten Arm. Sie schrie auf und ließ die Coladose fallen. Dann verpasste sie mir eine Ohrfeige.
»Du blöde Kuh!«, brüllte sie mich an. »Hast

du sie noch alle? Fass mich nie mehr an, kapiert?«
»Dann red nie mehr so einen Scheiß!«
»Was für einen Scheiß?«
»Das mit den stinkenden Pennern!«
Sie knallte mir noch eine. Ich wollte zurückschlagen, doch plötzlich brach sie in Tränen aus. Heulend fiel sie mir um den Hals.
»Du Idiotin!«, schluchzte sie. »Du musst doch wissen, was ich meine, wenn ich was sage. Du bist doch die Einzige, die das weiß! Jedes Mal, wenn ich diese armen Schweine auf der Straße sehe, könnte ich durchdrehen. Diese Scheißstadt ist so verdammt reich! Trotzdem laufen hier Leute rum, die schlimmer aussehen als ... als ... Ach, Scheiße!«
Ich hatte auch angefangen zu heulen. Nicht wegen den Pennern, sondern wegen Ara. Und wegen mir. Und auf einmal sprudelte es aus mir heraus. Ich wusste nicht mal, ob das alles überhaupt noch stimmte, was ich da sagte. Ich wusste nur, dass ich jahrelang darauf gewartet hatte, es ihr endlich zu sagen. Und da sagte ich es ihr eben. Dass ich sie liebte. Dass ich für jede Sekunde

dankbar war, die sie mit mir verbrachte. Dass ich ihre Freunde hasste wie verrückt. Und sie auch, weil sie sich lieber mit solchen Schwachköpfen abgab als mit mir.
»Red nicht so einen Quatsch!«, knurrte sie nur, als ich fertig war. Lächelnd wischte sie sich die Tränen von den Backen. »Du brauchst nur einen Freund, das ist alles.« Sie hakte sich bei mir ein. »Los, wir suchen jetzt einen für dich.«
Eine Stunde später lernten wir Axel und Torsten kennen. Mit Torsten bin ich immer noch zusammen, und das nun schon seit acht Monaten. Meine Liebeserklärung an Ara bereue ich nur dann, wenn sie mich daran erinnert. Aber das macht sie nur, wenn sie mich ärgern will. Seit jenem Nachmittag kommt das allerdings kaum noch vor.

Na, wie gefiel Dir mein erstes Kapitel? Ich fürchte, ein zweites wird es nicht geben. Hast Du Dich erkannt? Ich hab Dir keinen Namen gegeben, weil mir keiner eingefallen ist. Das mit den Pennern stimmt übrigens. Ich könnte wirklich jedes Mal einen Heulkrampf kriegen, wenn ich einen sehe. Meine Mutter meint, das liegt an den Hormonen.

Übertriebenes Mitleid wäre eine pubertäre Erscheinung, die sich mit zunehmendem Alter verflüchtigt. Na toll! Schon allein deshalb würde ich gerne für immer fünfzehn bleiben.
Was macht Sven? Das mit dem Mensch-ärgere-dich-nicht war ganz gut erfunden. Verrätst Du mir irgendwann, was wirklich an dem Abend in seinem Hotelzimmer passiert ist?
Verregnete Grüße aus Deiner wunderschönen Heimatstadt am Rhein - aus Pennersdorf!
Deine Exkollegin
Isabel

PS: Ich liebe Dich übrigens wirklich!
PS 2: Schreiben ist irre schwer!

Guten Morgen, liebe Isabel!
Noch ein Tag, noch eine Nacht und dann geht's endlich nach Hause! Sven fährt erst übermorgen, aber wir haben uns schon verabschiedet. Gestern am Strand. Wir haben fast den ganzen Tag dort verbracht. Passiert ist nichts - außer dass ich ihm ein Buch ge-

klaut habe, als er im Wasser war. Ach ja, und er hatte eine Hand auf meinem Oberschenkel und seinen Kopf auf meinem Bauch, etwa zwanzig Minuten lang. Muss ich das Michael beichten? Oder ist er nur mein Freund und nicht mein Beichtvater?

Ganz zum Schluss gab es noch ein paar heikle Sekunden. Vor seinem Hotel. Ich wollte keine Tränen und keine endlose Umarmung und auch keinen Kuss. Keinen richtigen jedenfalls. Wahrscheinlich redete er sich ebenfalls ein, dass er das nicht wollte. Und auf einmal lagen wir uns in den Armen, genau wie in Deinem ersten Kapitel. Und geheult haben wir auch. Aber niemand gestand dem anderen, dass er ihn liebte. Wozu auch? Die ganze Szene lief ohne Worte ab. Schweigend verschwand er ins Hotel. Ich ging ins Haus der Kurverwaltung, um Deine Mail zu lesen. Da fing ich wieder an mit der Heulerei. Nein, nicht deshalb, weil Dein erstes Kapitel so schlecht ist. Fürs erste Mal war es ganz okay. (Diesen Satz werde ich hoffentlich auch bald zu Michael sagen.)

Eigentlich will ich Sven nur deshalb nicht mehr sehen, weil ich es satt bin, meine

Eltern immer neu zu erfinden. Ab sofort stecke ich meine Fantasie nur noch in meine schwarzen Notizbücher. Ich wollte ihm gestern schon die Wahrheit sagen, aber dann hätte ich ihm auch erklären müssen, wieso ich das nicht gleich am Anfang getan hab. Und dann hätte ich auch Michael erwähnen müssen. Wozu das alles? Ich sehe ihn nie mehr wieder, verdammte Scheiße! Wie weit ist Nürnberg von Düsseldorf? Kennst Du die Preise der Mitfahrzentrale? Ich hab gehört, die sollen echt billig sein.

So, und jetzt werde ich endlich das tun, was ich schon seit drei Wochen vorhabe. Nein, nicht DAS! Verstehst Du mich schon wieder falsch? Übrigens: Ich hab mich noch nie zu grell geschminkt. Das überlasse ich Tamara. Und mit einem Schlampen-T-Shirt würde ich nur dann rumlaufen, wenn ich keine wäre.

Ich ruf Dich morgen an, wenn ich zu Hause bin.

Einen dicken Kuss

von Deiner besten Feindin

G

Genau

das hatte ich in den letzten drei Wochen fast jeden Tag vorgehabt: den Deich entlanggehen, immer weiter und weiter, bis ich nicht mehr konnte. Irgendwo muss doch das blöde Teil zu Ende sein! Im Rucksack ist genug Verpflegung für eine Wanderung durch die Sahara. Und im Handy habe ich die Nummer der Brödersbüller Taxizentrale eingespeichert. Wenn ich nicht mehr kann, lasse ich mich einfach ins Haus Ricarda zurückkutschieren.

Aber ich kann noch. Seit vier Stunden marschiere ich nun schon ohne Pause hier oben herum. Es ist ein sonniger Tag, aber zum Glück gibt es jede Menge Wolken am Himmel, die ab und zu für Schatten sorgen. Außerdem geht ein kräftiger Wind. Ich genieße jeden einzelnen Schritt. Ja, es macht Spaß, einen Fuß vor den anderen zu setzen, immer geradeaus, und nicht auf den Weg und nicht auf Verkehr achten zu müssen. Auf den ersten Kilometern war noch mächtig Betrieb auf dem Deich. Aber jetzt kommt mir kaum noch jemand entgegen. Gabriele Schumann kann sich also ungestört mit Gabriele Schumann beschäftigen. Tabea Sonnenschein gibt's nicht mehr. Bereits nach etwa zweihundert Metern wurde sie ins Wattenmeer verbannt. Ihre Hilfeschreie hat niemand gehört, als sie von einem als Seehund verkleideten Haifisch zum Mittagessen verputzt wurde. Oder wurden sie doch gehört und nur nicht ernst genommen? Darüber hätte sich Tabea nicht wundern müssen.

In Gedanken gehe ich noch einmal jeden einzelnen Tag in Brödersbüll von morgens bis abends durch. Vom Brötchenholen bis zur letzten SMS an Michael. Kein Zweifel: Dieser Urlaub hätte schlimmer ablaufen können. Was noch irgendwie fehlt, ist eine Pointe. Nur: Wie könnte die aussehen?

Sven fällt mir vor seinem Hotel um den Hals und stammelt: »Ich – ich hab gar nicht so reiche Eltern, wie ich erzählt habe. Von wegen eigene Köchin und Swimmingpool im Garten! Ich hab auch kein Einzelzimmer im Hotel Deichgraf. Ich arbeite hier nur in den Ferien als Küchenhilfe.« Daraufhin hätte ich ihn erleichtert geküsst und ihm im Gegenzug auch die Wahrheit über mich erzählt.

Nein, hätte ich nicht!

Oder: Sven küsst mich, schüttelt den Kopf und sagt: »Tut mir leid, außer Freundschaft kann ich nichts für dich empfinden. Dieser Urlaub sollte so eine Art Test werden, ob ich nun tatsächlich schwul bin oder nicht. Also: Ich bin schwul! Vielen Dank, dass du dich als Testperson zur Verfügung gestellt hast. Auf Wiedersehen!« Und dann reckt er die Fäuste in die Luft und jubelt: »Jaaaaa! Ich bin schwul!«

Oder:

»Was ich dir schon gleich am Anfang sagen wollte:

Ich hab 'ne Freundin. Marion. Ich hab sie wahnsinnig vermisst, aber mich gleichzeitig in dich verknallt.«

»Ich auch!«

»Was? Du hast auch 'ne Freundin namens Marion?«

»Genau. Ich bin lesbisch. Bilde ich mir jedenfalls ein. Dieser Urlaub sollte so eine Art Test werden, ob ich es nun tatsächlich bin oder nicht. Also: Ich bin lesbisch! Vielen Dank, dass du dich als Testperson zur Verfügung gestellt hast. Auf Wiedersehen!«

»Moment mal! Heißt deine Freundin etwa Koslowski mit Nachnamen?«

»Genau! Und sie wohnt in Bochum!«

»Ach, du Schande! Dann sind wir beide ja in dasselbe Mädchen verknallt. Und jetzt?«

»Jetzt spielen wir Mensch-ärgere-dich-nicht. Der Sieger darf sich eine andere Freundin suchen.«

Blablabla ...

Im richtigen Leben gibt es keine Pointen. Manchmal ist es trotzdem schön. Zum Beispiel an heißen Nachmittagen in den Dünen. Oder auf Feldwegen. Oder auf Marktplätzen und in Kirchen.

Ich versuche, mich so an die letzten drei Wochen zu erinnern, als wären sie schon dreißig Jahre her. Warum? Warum kann ich nicht einfach fünfzehn sein und das Leben so genießen, wie es ist? Was sollen all diese vertrackten Gedankenspiele? Weil ich im Kampf gegen die Langeweile immer Siegerin bleiben möchte.

Und sonst eigentlich auch. Vorhin habe ich Tabea besiegt. Wer ist als Nächstes dran? Tamara? Die schwarzen Notizbücher?

Auf der Straße neben dem Deich hupt ein Auto. Ich schaue hinunter. Ein silberner Mercedes hält am Straßenrand. Sven steigt aus. Oh nein! Ich bleibe stehen.

»Wo willst du denn hin?«

»Nach Afrika!«, antworte ich grinsend.

»Und wie kommst du wieder zurück?«

»Ich rufe mir ein Taxi.«

»Womit? Hier hast du doch gar keinen Empfang.«

Ich hole mein Handy aus der Jeans. Sven hat recht: Außer der Akku-Anzeige ist das Display leer.

»Sollen wir dich nach Hause fahren?«

Ich werfe einen Blick auf die Uhr. Fast fünf Stunden bräuchte ich für den Rückweg. Natürlich hab ich keine Lust, noch mal mit Sven zu quatschen. Aber auf Wadenkrämpfe und Hühneraugen hab ich noch weniger Lust.

Seufzend verlasse ich den Deich. Als ich bei Sven ankomme, schaue ich ihm nur kurz in die Augen. Er hat den Kopf zum Himmel gehoben.

»Es gibt sowieso noch ein Gewitter heute«, behauptet er.

Ich steige in den Wagen und setze mich hinter Svens Vater.

»Das ist Tabea«, schreit er seine Eltern an, nachdem er sich neben mir niedergelassen hat.

Die beiden drehen sich kurz zu mir um, nicken mir freundlich zu, kriegen aber den Mund nicht auf. Wahrscheinlich würde ich sowieso kein Wort verstehen. Irrsinnig laute Technomusik dröhnt aus den Boxen.

»Wo willst du denn hin, Anita?«, brüllt sein Vater.

»Villa Dorothee«, brülle ich zurück. »Außerdem heiße ich Tabea!«

Zum letzten Mal in meinem Leben.

Mit quietschenden Reifen macht der Wagen einen gewaltigen Satz nach vorn. Svens Mutter lässt ein albernes Kichern hören. Sein Vater rast im Höllentempo die Landstraße entlang und nickt dabei mit dem Kopf im Technorhythmus.

Sven nähert sich meinem Ohr. »Jetzt weißt du, warum ich sie dir nicht vorstellen wollte. Total peinlich, die beiden! Werden wahrscheinlich nie erwachsen.«

Ich spüre seinen Atem auf meiner Wange.

»Wo wolltest du denn wirklich hin?«, fragt er und hält mir sein linkes Ohr vor den Mund.

»Afrika.«

Jetzt könnte ich ihm von Michael erzählen. Und von Gabi Schumann. Und vom Haus Ricarda. Oder ihm ein paar neugierige Fragen stellen. Stattdessen sage ich: »Du riechst gut.«

»Neues Deo«, antwortet er. »Gucci.«

»Küss mich.«

»Nein.«

Wir lächeln uns an, wobei sich unsere Nasenspitzen berühren. Er bewegt die Lippen, ohne etwas zu sagen. Ich bewege meine auch. Dann küsse ich ihn. Auf den Mund. Meine Zunge zuckt, aber ich lasse sie nicht aus ihrem Käfig.

»So, wir sind gleich da!«, kreischt Svens Mutter plötzlich mit schriller Stimme.

Wir müssen lachen. Der Wagen biegt in die Zufahrt ein. Wir küssen uns noch einmal. Der Wagen hält. Svens Mund nähert sich meinem Ohr.

»Das Buch von Thomas Bernhard kannst du behalten. Ist der letzte Mist! Hab ich in meinem Hotelzimmer gefunden.«

Auf diese Schlusspointe hätte ich gern verzichtet.

Nachdem ich ausgestiegen bin, knalle ich die Tür hinter mir zu. Wieso fährt der Mercedes nicht los? Sven presst seine Nase an die Scheibe und schielt. Soll wohl lustig aussehen.

Kurz entschlossen gehe ich zum Eingang der Reetdachvilla und drücke auf die Klingel.

»Ja?«

Ein braun gebrannter Knabe in roten Shorts und mit Harry-Potter-Brille steht vor mir.

»Lass mich rein!«, flehe ich ihn an. »Da vorne im

Auto sitzen ein paar üble Typen, die mich abschleppen wollen.«

»Was haben die denn auf unserem Grundstück zu suchen? Verpisst euch, sonst hole ich die Bullen!«, schreit er dem Auto zu.

Svens Eltern, die natürlich wegen dem Technolärm kein Wort verstanden haben, winken uns freundlich zu. Sven hat die Scheibe heruntergekurbelt und die Sonnenbrille aufgesetzt. Sein Vater fährt los.

»Sahen ja nicht besonders gefährlich aus«, meint der Junge und kratzt sich am Nacken. »Vor allem nicht die Frau.«

»Das täuscht«, versichere ich ihm. »Die drei hatten jede Menge Pillen eingeworfen. Und das Auto war bestimmt geklaut. Ich heiße übrigens Tabea. Und du?«

»Tabea?« Er grinst übers ganze Gesicht. Dabei entblößt er eine hellblaue Zahnspange. »Was für ein bescheuerter Name!«

»Stimmt. Und eigentlich heiße ich auch gar nicht so. Und die Leute im Auto waren auch kein bisschen gefährlich, sondern nur nervig. Sie dachten, ich würde hier wohnen.«

»Wieso?«

»Weil ich es ihnen gesagt habe. Ich lüge gern. Du nicht?«

»Und wie! Ich heiße David. Los, komm rein! Wir trinken ein Glas Rotwein.«

»Gibt's keine Cola?«

»Nee. Bin seit drei Tagen alleine hier und hab keine Lust zum Einkaufen. Also, Leitungswasser oder Rotwein?«

Fünf Minuten später sitzen wir draußen am Swimmingpool nebeneinander auf zwei Liegestühlen und trinken Chateau Laffitte. Schmeckt ekelhaft! David erzählt mir von seiner Mutter, die dringend nach London musste. Ein wichtiger Geschäftstermin. Sie entwirft Schmuck.

»Echt?«

Er nickt. »Keine Angst, ich lüge nur, wenn ich nüchtern bin.«

»Und dein Vater?«

»Der ist immer nüchtern.«

»Nein, ich meine, was macht der denn so?«

»Immobilienmakler. In München und auf Sylt. Meine Mutter lebt in Barcelona und ich in der Nähe von Berlin im Internat. Ist ganz lustig da. Es gibt auch Mädels. Und was für welche!«

David trinkt einen Schluck. Eigentlich wirkt er kein bisschen besoffen. Er hat halblange, braune Haare, eine Stupsnase und ganz dünne Arme und Beine. Älter als vierzehn dürfte er eigentlich nicht sein.

Kaum hat er das Glas wieder hingestellt, löchert er mich mit Fragen. Was für ein neugieriger Kerl! Es macht so viel Spaß, mit ihm zu plaudern, dass ich meine Antworten mit immer weniger Lügen spicke und schließlich völlig auf sie verzichte. Schuld daran ist nicht nur der Wein, sondern vor allem Davids Aufmerksamkeit. Er verschlingt jedes Wort von mir und kaut ungeduldig auf seiner Unterlippe herum, wenn ich zwischen den Sätzen eine kleine Pause einlege.

»Diesen Jungen in Marokko liebst du also richtig?«, fragt er, nachdem ich ihm von Michael erzählt habe.

»Genau.«

»Aber diesen Sven leider auch, stimmt's?«

»Erraten.«

»Und wo ist das Problem?«

Für diese Bemerkung könnte ich ihn küssen. Ich gieße mir noch ein Glas Wein ein. Während ich daran nippe, erzählt er mir vom Internat. Ich höre nicht richtig zu. Was ich gerade erlebe, könnte aus einer meiner Geschichten stammen. Ein wunderschöner Garten hinter der Luxusvilla. Ein riesiger Pool. Rotwein. Rosen. Sonne. Ein witziger Junge, der schneller redet als ich, leider ein paar Jahre zu jung und ein paar Zentimeter zu klein.

»Komm, planschen wir 'ne Runde!«, schlägt er plötzlich vor und springt auf.

»Ich hab keinen Bikini dabei.«

»Na und? Ich auch nicht!«

Blitzschnell zieht er sich die Badehose runter. Von

Schamhaaren ist kaum was zu sehen. Mein erstaunter Blick entgeht ihm natürlich nicht.

»Alle abrasiert!«, schwindelt er, wirft mir seine Brille zu und springt dann in den Pool. Das Wasser spritzt mir ins Gesicht.

David schwimmt eine Bahn nach der anderen, erst Brust, dann Kraul, dann Delfin. Und dann schwimmt er nur noch auf dem Rücken.

»Na los, komm endlich rein!«, mault er. »Ich guck dir schon nix weg. Ohne Brille könnte ich nicht mal meine eigenen Schamhaare erkennen, wenn ich welche hätte. Du brauchst also keine Angst vor – oh Gott! Hilfe! Mein Herz!«

Mit lautem Geschrei schlägt er wild um sich. »Hilfe! Hilfe!«, brüllt er immer wieder.

Ungerührt trinke ich noch einen Schluck und sehe dem Komiker dabei zu, wie er den sterbenden Schwan spielt. Als er endlich genug geschrien und geröchelt hat, verschwindet er endlich unter Wasser. Und bleibt unten. Und bleibt unten. Und bleibt unten. Die Stille ist gespenstisch.

»Lass den Scheiß, du Blödmann!«

Meine Stimme zittert.

»Komm endlich hoch!«

Er bleibt unten.

Voller Panik lasse ich das Glas fallen, stürze vom Liegestuhl, ziehe meine Sachen aus, springe ins Wasser und tauche auf den Grund des Pools. Mit weit aufgerissenen Augen grinst mich David an, stößt sich ab und gleitet nach oben.

»Du Arsch!«, fauche ich ihn an. »Ich dachte, du wärst ertrunken!«

Er keucht. »Das wär ich auch, wenn du noch länger gewartet hättest.«

Unsere Füße berühren sich. Er packt mich an den Hüften. Ich stoße ihn zurück. Er taucht ab. Ich auch. Unter Wasser wehre ich mich gegen seine frechen Finger. Wenn wir auftauchen, um Luft zu schnappen, will ich mit ihm schimpfen. Aber seinem Gelächter kann ich nicht widerstehen.

Schließlich sind wir zu erschöpft für diese albernen Spielchen. Wir schwimmen zum Rand, ziehen uns hoch und legen uns auf die warmen Steine. Die Sonne scheint auf unsere nackten Körper. Ich schließe die Augen. Er sicher nicht.

Danach ist es passiert. Nein, nicht direkt danach. Wir haben noch was getrunken. Und eine Pizza gegessen. Dann warf er den CD-Player an. Im Wohnzimmer. Brahms, dritte Sinfonie. David will Dirigent werden. Oder Rapper. Zu der Musik von Brahms hat er mir Breakdance vorgeführt. Auf dem Teppich. Nackt. Sein Rücken wurde krebsrot. Ich habe ihn gestreichelt. Und dabei konnte ich nicht mehr aufhören zu lachen. Oder habe ich geweint?

Er hieß David. Und ich habe ihn gar nicht richtig geküsst. Glaube ich.

Sie

klopft an. So leise, dass ich es überhören könnte, wenn ich wollte.

»Ja?«

Barfuß und im grünen Seidennachthemd kommt sie herein.

»Was soll denn das?« Sie hält mir ihre Armbanduhr vors Gesicht. »Es ist halb drei. Morgen fahren wir nach Hause. Willst du erst im Auto schlafen?«

»Hmhm.«

Stirnrunzelnd zeigt sie auf das schwarze Notizbuch, das aufgeschlagen vor mir liegt. »Hast du die ganze Zeit geschrieben?«

»Nein.«

Sie durchbohrt mich mit einem forschenden Blick. »Du willst mir nicht sagen, warum du so viel getrunken hast, oder?«

Ich schüttle den Kopf.

»Nun rück schon damit raus! Hast du dich verliebt?«

»Nein.«

»Sondern?«

»Schlimmer.«

»Es gibt nichts Schlimmeres.«

»Stimmt.«

Sie legt eine Hand auf meine Schulter. Ich lehne meinen Kopf an ihren Arm. Jetzt bloß nicht heulen! Ich hasse dieses Mutter-Tochter-Ding! Kann sie sich nicht mal kurz in Isabel verwandeln? Obwohl – meiner besten Freundin würde ich wahrscheinlich noch mehr verschweigen als meiner Mutter.

»Ich war in dieser tollen Villa«, fange ich an. »Dorothee.«

»Die mit dem Reetdach, vor der mal ein roter Porsche stand?«

»Hmhm. Da war ein Junge. Wir haben Wein getrunken und – na ja – er ist herzkrank. Lebt vielleicht nicht mehr lange. Vielleicht hat er mir nur leidgetan. Keine Ahnung. Ja, okay, er war auch ganz nett. Allerdings überhaupt nicht mein Style. Trotzdem ist es passiert.«

»Was?«

Scheiße! Ich kann die Tränen nicht zurückhalten. Mutter streicht mir über den Kopf.

»Herzkrank!«, wiederholt sie spöttisch. »Erzähl doch keine Märchen! Das mit der Villa stimmt sicher auch nicht. Du hast mit diesem blonden Jungen geschlafen, den ich mit dir im Eiscafé gesehen habe.«

Irgendwie schon.

»Und jetzt?«, frage ich Mutter und hoffe inbrünstig, dass sie nichts Falsches sagt.

»Wie und jetzt?«

»Was mache ich jetzt mit Michael?«

Sie zögert. Schweigen wäre die beste Antwort. Aber ihr fällt noch was Besseres ein: »Weiß ich nicht.«

Irgendeinen dämlichen Ratschlag hätte ich ihr bestimmt bis zum Rest meines Lebens nicht mehr verziehen. Ich stehe auf, schlinge meine Arme um sie und drücke sie ganz fest an mich. Schwer zu sagen, wer von dieser Umarmung am meisten überrascht ist: sie, ich oder mein Vater, der gerade hereinkommt und mit verschlafener Stimme fragt: »Was ist denn hier los? Eine Abschiedsparty?«

»Hau ab!«, murmeln Mutter und ich im Chor, worauf Vater wortlos verschwindet.

Familie Schumann. Eigentlich doch gar nicht so übel. Als Familie, meine ich.

Oma

Friederike ist schon hellwach, und das um sieben Uhr morgens.

»Gabi? Von wo rufst du an?«

»Aus Brödersbüll. Vom Deich.«

»Wieso?«, wundert sie sich. »Ihr wolltet doch heute nach Hause fahren.«

»Wir hauen ja gleich ab. Die Koffer sind schon im Auto.«

»Und wo bist du?«

»Ich musste noch schnell was erledigen.«

»Was denn?«

»Meine Querflöte ausgraben. Am Anfang der Ferien habe ich sie beerdigt.«

Sie lacht.

»Dich hab ich übrigens auch beerdigt«, gestehe ich ihr. »Sogar öfter. Und zwar in meinen Geschichten.«

Ihr Lachen verstummt.

»Wieso?«

»An dem Abend, bevor wir in Urlaub gefahren sind, lief im Fernsehen ein Film mit einer alten Frau, die todkrank war. Sie sah dir unheimlich ähnlich. Darum musste ich ständig an deinen Tod denken.«

»Ach, du Scheiße! Da denke ich ja nicht mal selbst dran!«

»Du lügst!«

»Na und? Du doch auch, Gabi! Los, reg dich auf! Ich hab dich bei deinem richtigen Namen genannt. Gabi! Gabi! Gabi!«

»Das ärgert mich kein bisschen. Mich kann nichts mehr schocken.«

»Das hört sich ja an, als wäre irgendwas Schlimmes passiert.«

»Nein, schlimm war es nicht«, widerspreche ich ihr. »Nicht halb so schlimm, wie ich es mir immer vorgestellt hatte. Es war nur sehr ... sehr – wie soll ich sagen ...«

»Du suchst nach Worten?«, unterbricht mich Oma Friederike belustigt. »Dann musst du tatsächlich einen echten Schock erlebt haben. Also, wie war es denn nun? Es war sehr ...«

»... sehr *anders*«, beende ich den Satz. »Aber das erzähle ich dir alles bei unserem nächsten Spaziergang im Hofgarten. Mann, bin ich froh, dass du noch lebst!«

»Und ich erst!«

Lieber Michael!

Es ist was Schreckliches geschehen. Ja, genau das! Leider nicht mit Dir. Und so schrecklich fand ich es eigentlich gar nicht, um ganz ehrlich zu sein. Aber soll ich das überhaupt - ehrlich sein? Willst Du wirklich hören, wie ich eines sonnigen Nachmittags bei einem Typen reingeschneit bin, den ich nie zuvor gesehen habe? Soll ich Dir verraten, dass ein paar Gläser Wein, ein unwiderstehliches Lachen, ein

Sonnenuntergang und eine Brahms-CD genügt haben, um mich völlig durchdrehen zu lassen?

Nein, ich bin keine Jungfrau mehr. Ja, es ist alles ganz zufällig passiert. Nein, ich werde ihn nie mehr wiedersehen. Ja, ich weiß, dass Du jetzt mit mir Schluss machen willst. Falls es Dich tröstet: Der Typ war überhaupt nicht mein Typ. Viel zu alt für mich. Neunzehn. Und null Hirn im Kopf. Ich weiß selbst nicht genau, wie ich da reingeschlittert bin. Beziehungsweise er in mich. Schön war's nicht, soweit ich mich erinnern kann. Aber das wirst Du mir wahrscheinlich nicht glauben. Was ich Dir natürlich nicht verdenken könnte.

ES TUT MIR LEID!

Ich liebe Dich wirklich! Noch viel mehr als vor dem Urlaub. Und nach diesem blöden Nachmittag noch sehr viel mehrer. Siehst Du, ich lasse mich sogar zu falschem Deutsch hinreißen, so sehr liebe ich Dich!!!

Ich weiß nicht, wie ich Dir das alles erklären kann. Vielleicht wäre es besser, es gar nicht erst zu versuchen. Vielleicht sollten wir uns einfach trennen, ohne ein

weiteres Wort über diese Geschichte zu verlieren. Vielleicht sollten wir einfach zusammenbleiben, ohne ein weiteres Wort über diese Geschichte zu verlieren.
Ich liebe Dich, Michael!
Deine Gabi (so darfst Du mich ab sofort nennen – falls du mich überhaupt noch nennen willst ...)

Mutter

dreht sich zu mir um.

»Was machst du denn da?«, regt sie sich auf.

»Ich rupfe die schlechteste Geschichte aus meinem Notizbuch und zerreiße sie in kleine Fetzen«, erkläre ich gelassen.

»Aber du kannst doch nicht die Papierschnipsel aus dem Fenster schmeißen!«

»Natürlich kann ich das! Siehst du das nicht?«

»Kein Streit, Kinder!«, mischt sich Vater ein. »Wir hatten doch so einen schönen Urlaub!«

Mutter und ich wechseln einen Blick, der Bände sprechen könnte, wenn Bände oder Blicke sprechen könnten.

»Aber eins muss ich dir noch sagen«, fährt Vater

fort und sieht mich im Rückspiegel an. »Die Brötchen, die du jeden Morgen geholt hast, haben mir nie geschmeckt.«

»Mir auch nicht«, sagt Mutter.

»Mir auch nicht«, seufze ich.

SMS von David:
Wieso hast du mir deine Nummer gegeben,
wenn ich dir nichts simsen darf?

SMS an David:
Darum!

SMS von David:
Beethoven finde ich besser als Brahms.
Und du?

SMS von David:
Und du?

SMS von David:
Okay, ich habe verstanden.
Bis nächstes Jahr!

Stephanie Perkins
Herzklopfen auf Französisch

ca. 440 Seiten, ISBN 978-3-570-40220-7

Ein Jahr in Paris? Anna könnte sich Besseres vorstellen, als in einem Land zur Schule zu gehen, dessen Sprache sie nicht spricht. Und dafür muss sie auch noch ihren Schwarm in Atlanta zurücklassen ... Doch schon bald lernt die angehende Filmkritikerin das französische Leben zu schätzen: echter Kaffee, wunderschöne Gebäude und Kinos wohin man schaut! Vor allem der attraktive, und bereits vergebene, Étienne führt Anna durch das schöne Paris – und wird zu ihrem besten Freund. Doch als ihre Freundschaft immer enger wird, sind beide verunsichert – und das nicht nur, weil Étienne eine Freundin hat ...

cbj

www.cbj-verlag.de

40166

Stephanie Perkins

Schmetterlinge im Gepäck

ca. 400 Seiten, ISBN 978-3-570-40214-6

Lolas Leben ist nicht nur außergewöhnlich, sondern auch ziemlich toll: Sie lebt mit ihren zwei Vätern in San Francisco, zieht jeden Tag ein anderes ausgeflipptes Outfit an und hat einen coolen Rockmusiker als Freund! Doch als auf einmal ihre ehemaligen Nachbarn nach zwei Jahren Abwesenheit wieder in das Haus nebenan ziehen, steht ihre Welt Kopf. Denn nicht nur hat ihr Calliope damals die Freundschaft gekündigt, sondern vor allem ist deren Zwillingsbruder Cricket der Junge, der Lola vor zwei Jahren das Herz gebrochen hat ...

40167

cbj

www.cbj-verlag.de

Abby McDonald

Mein perfekter Sommer

ca. 320 Seiten, ISBN 978-3-570-40136-1

Jenna freut sich auf einen Sommer bei ihrer Patentante in Kanada: Natur pur, süße Jungs in Holzfällerhemden und das alles ganz weit weg von der Ehekrise ihrer Eltern. Doch womit sie nicht gerechnet hat sind Aug-in-Auge-Begegnungen mit Elchen und noch größeren Tieren, die unausstehliche Stieftochter von Tante Susie und dass der süße Reeve sie für eine planlose Großstadttussi hält ...

cbj

www.cbj-verlag.de

40108